KB143129

엘리엇의 『네 사중주』와 다른 시들 읽기

종교, 철학, 심리학적 접근

엘리엇의 『네 사중주』와 다른 시들 읽기
종교, 철학, 심리학적 접근

이철희 지음

도서출판 │동인

시작하는 글

━━━

엘리엇(T. S. Eliot)의 작품은 난해하기로 유명하다. 이 난해함은 결코 우리만이 겪는 문제만은 아니며 해외의 엘리엇 연구자들 역시 공통으로 그 어려움을 인정하고 있다. 엘리엇 문학작품의 위상은 최상위를 차지하지만 이해와 감상의 어려움 때문에 국내외를 불문하고 연구자들의 수가 점점 줄어들고 있는 것이 사실이다. 이에 필자는 미력이나마 엘리엇 작품의 감상에 도움이 되기를 바라면서 이 저서를 출판하게 되었다.

특히 난해함의 대명사로 꼽히는 『네 사중주』(*Four Quartets*)를 출판한다는 것이 매우 조심스러웠다. 그럼에도 그동안 필자가 『네 사중주』와 관련된 20여 편의 연구 논문을 완성하는 과정을 통해서 얻은 지식으로 접근에 도움을 주려고 노력했지만 언제나 그렇듯 아쉬움은 남는다. 하지만 필자가 이미 출판한 3권의 저서 역시 본서를 이해하는 데 도움이 될 수 있을 것이다. 그 하나가 『엘리엇의 문학과의 대화』(2013)이다. 이 책은 엘리엇이 직접 평가한 작가들의 내용을 엘리엇의 입장에서 조명하려고 노력했으며, 『엘리엇 그리고 전통과 개성의 시학』(2014) 역시 유사한 종류의 저서로서 엘리엇의 작가론을 중심으로 전개한 것이다. 그리고 『T. S. 엘리엇과 W. B. 예이츠의 걸작 읽기』(2015) 또한 엘리엇의 『네 사중주』를 포함하여 예이츠(Yeats)의 시학을 함께 볼 수 있는 기회가 될 것이다.

이번 『엘리엇의 『네 사중주』와 다른 시들 읽기: 종교, 철학, 심리학적 접근』은 『네 사중주』를 주로 신학과 철학 및 인도 사상으로 접근한 내용이 주를 이루므로 『네 사중주』에 깊게 스며있는 사상을 이해하는 데 도움이 되리라 생각한다. 모쪼록 필자의 저서가 엘리엇의 작품을 읽고 감상하는데 도움이 되길 간절히 기도해 본다.

2018년 11월

이철희

차례

———

약어 표기

BN: "Burnt Norton"

EC: "East Coker"

DS: "The Dry Salvages"

LG: "Little Gidding"

FLA: *For Lancelot Andrewes*. London: Faber and Faber, 1970.

OPP: *On Poetry and Poets*. London: Faber and Faber, 1971.

SE: *Selected Essays: 1917-1932*. New York: Harcourt, Brace and Company, 1932.

SW: *The Sacred Wood: Essays on Poetry and Criticism*. London: Methuen, 1972.

1부
종교, 철학, 심리학과 엘리엇

엘리엇의 「번트 노턴」 읽기
엘리엇은 아우구스티누스의 『고백록』을 어떻게 반영/인유했는가?

들어가는 말

엘리엇(T. S. Eliot)의 『네 사중주』(*Four Quartets*)는 출판된 지 60여 년이 되었지만 그에 대한 평가는 다양한 양상을 보인다. 다만 『네 사중주』는 엘리엇 시의 최대 걸작임에도 불구하고 우리가 실제로 이 작품을 정확하고 밀도 있게 감상하기란 결코 쉽지 않다는 것이 대다수 연구자들의 공통된 견해이다. 특히 "첫 악장인 「번트 노턴」("Burnt Norton")은 전체 네 개의 악장(quartets) 중에서 가장 추상적이고 난해한 작품"(Quinn 14)이면서 "철학적으로 가장 농축된 작품"(Matthiessen 184)으로 평가되기도 한다.

　　그래서 본 글에서는 『네 사중주』 전체 중에서 첫 번째 악장인 「번트 노턴」만을 선택하여 집중 조명해보고자 한다. 특히 아우구스티누스(St. Augustine)가 『고백록』(*Confessions*)에서 밝히고 있는 시간 개념과 비교하여 감상해 보는 것이 그 목적이다. 엘리엇의 『네 사중주』와 아우구스티누스의 『고백록』과의 관계는 매우 밀접하다고 볼 수 있다. 그 한 예로 트라버시(Derek Traversi)는 아우구스티누스의 『고백록』에 나타난 주제와 『네 사중주』의 전체적 취지가 밀접하게 관련되었다고 진단한다(97). 그럼에도 불구하고 아우구스티누스와 『네 사중주』의 관계를 논한 연구는 찾기가 어려우며 몇몇 연구에서 지엽적으로 언급하고 있다. 우선 해외의 경우 2013년에 초우드허리(Piku, Chowdhury)가 「시적 전달방식으로서 엘리엇의 침묵의 사용」("T. S. Eliot's Use of Silence as an Evolving Mode of Poetic Communication")이라는 글에서 『고백록』 속에 나타난 인간 영혼의 목소리를 간략하게 언급한바 있다. 그리고 국내에서는 이규명이 「T. S. 엘리엇과 St. 아우구스티누스 −이중구속의 비전」에서 엘리엇과 아우구스티누스의 공통적인 주제를 다루면서 엘리엇의 작품인 「하마」("The Hippopotamus")와 「어느 부인의 초상」("Portrait of a Lady") 그리고 『네 사중주』와 『황무지』(*The Waste Land*) 등을 간략하게 소개한 바 있다.

아우구스티누스의 시간과 엘리엇의 그것

우선 엘리엇의 시간관을 정확하게 이해하려면 아우구스티누스가 『고백록』에서 정의한 시간의 의미를 살펴볼 필요가 있다.

> 그러나 이제 미래도 과거도 존재하지 않는다는 것과 세 가지 시간 -과거와 현재 그리고 미래-이 존재한다고 말하는 것은 정확하지 않다는 사실이 완벽하게 명백해졌다. . . . 왜냐하면 이들 세 가지는 마음에 존재하며 나는 그것들을 어느 다른 곳에서는 보지 못하기 때문이다. 즉, 과거의 것들의 현재시간은 기억이며 현재 것들의 현재 시간은 직감이며 미래의 것들의 현재 시간은 기대이다.

> It is now, however, perfectly clear that neither the future not the past are in existence, and that is incorrect to say that there are three times-past, present, and future. . . . For these three do exist in the mind, and I do not see them anywhere else: the present time of things past is memory; the present time of things present is sight; the present time of things future is expectation. (*Confessions* 273)

위에서 아우구스티누스는 현재 우리의 삶의 표준이 되는 시간, 즉 물리적 구분의 시간 개념과는 다른 주장을 펼치고 있다. 즉, 이 주장을 통해서 현재 우리가 일반적으로 과거, 현재, 미래와 같이 세 종류로 시간을 분류하는 것은 이치에 맞지 않는다는 사실을 알 수 있다. 아우구스티누스는 시간을 분류하면서 그 기준을 우리의 의식(mind)에 두고 있다. 다만 그에게는 현재가 바로 그 시간의 기준점이라고 할 수 있는데 결국 아우구스티누스가 주장하는 시간이란 과학적 · 물리적으로는 측정이 불가능하다는 특징을 지니고 있다. 이와 같은 아우구스티누스의 시간 개념은 엘리엇에게도 그대로 반영되어 나타난다.

> 현재의 시간과 과거의 시간은
> 아마 모두 미래의 시간에 존재하고
> 미래의 시간은 과거의 시간에 포함된다.[1]

> Time present and time past
> Are both perhaps present in time future
> And time future contained in time past. (BN I)

여기서 우리는 '아마'라는 표현에 주의할 필요가 있다. 이 표현에는 어떤 명제의 단정이 아니라 추측적 성격이 다분히 포함되어 있다. 와드(David Ward) 역시 윗부분은 아우구스티누스와 유사하게 불명확한 표현기법을 사용한다고 보고 있다(228 참조). 아우구스티누스 역시 시간이란 무엇인가에

---

1) 이 저서에서의 '엘리엇 시'에 대한 우리말은 이창배의 『T. S. 엘리엇전집: 시와 시극』 (서울: 동국대학교 출판부, 2001)을 참조하였으며 의미전달의 명확성을 높이기 위해 일부 수정했음을 밝힌다.

대한 해답을 찾기 위하여 고민했으며[2] 엘리엇 또한 역설적으로 현재와 과거가 모두 미래에 포함된다고 주장하여 우리가 현재 기준으로 삼는 물리적 시간 개념을 초월한 주장을 펼치고 있다. 아우구스티누스 역시 미래를 앞으로 나타날 전조나 사전 징후를 보고서 판단하는 데 바로 그 판단의 시점을 현재라고 주장한다. 부연하면 미래란 실제로 미래의 조짐이나 징후만 볼 수 있을 뿐이지 사실상 움직이거나 이동하는 모습을 현재로서는 볼 수 없기 때문에 미래의 측정은 불가능하다는 것이다. 이는 엘리엇이 과거, 현재, 미래가 서로 연결되어 있다는 것과 유사하다(아우구스티누스는 시간 개념을 연장(extension)으로 보고 있음).[3] 다만 우리가 시간을 측정하는 것은 '인상'(impression)에 의해서만 가능하다고 아우구스티누스는 주장한다.

> 내가 시간을 측정한다는 것은 바로 당신 속에 있다고 말합니다. 일들은 지나갈 때 이들은 당신에게 인상을 남겨 줍니다. 이런 인상은 그 일들이 과거로 사라진 후에도 남게 됩니다. 그리고 내가 현재 측정하는 것은 이러한 인상이지 그들이 지나가면서 인상을 유발시킨 것들이 아닙니다. 내가 시간을 측정할 때 내가 측정하는 것은 바로

---

[2] 아우구스티누스는 자신의 『고백록』에서 많은 부분 특히 제 11권에서 주로 시간에 대해서 이야기하고 있는데 결국 자신도 기도조의 형식으로 하나님께 시간에 대해서 자문자답하는 형식으로 전개하고 있다. 여기서 그는 수차례 시간의 의미에 대해서 묻고 있으며 그 나름대로 정의하고 있다.

[3] 아우구스티누스는 "시간이란 존재하지 않는 것으로부터의 연장"(*Confessions* 274)이며 "어떤 종류의 연장"(an extension of some sort)(*Confessions* 276)이라거나 "영혼의 연장"(an extension of the mind)(*Confessions* 279) 등으로 정의한다.

이런 인상입니다.

It is in you, I say, that I measure time. As things pass by they leave
an impression in you; this impression remains after the things have
gone into the past, and it is this impression which I measure in the
present, not the things which, in their passage, caused the impression.
It is this impression which I measure when I measure time.
(*Confessions* 281)

결국 우리는 현재를 기준으로 과거의 것과 미래의 것을 예견하기 때문에
미래의 시간이나 과거의 시간이나 모두 현재의 상태 또는 현재의 시간으로
볼 수 있는 것이다. 아우구스티누스 역시 시간이란 '지나가는 순간'을 측정
하는 것이라 정의한 바 있다(*Confessions* 273쪽 참조). 쉽게 말해 과거의
사건에 대한 추억, 즉 머릿속에 떠오르는 이미지의 실체는 비록 그 내용이
전개된 시간은 과거일 수 있지만 떠오르는 영상을 관찰하는 시점은 현재이
며-그래서 과거와 현재는 연결되어 있다고 볼 수 있으며-또한 아직 발
생하지 않은 정확한 사건만은 미래임에는 틀림없으나 미래의 사건을 예언
하는 행위의 시점 또한 현재라는 것이다. 그래서 모든 것은 항상 현재만
존재한다고 볼 수 있으며 이 현재가 결국 과거와 미래의 사건을 관찰 또는
예언하는 시점이 되는 것이다. 이 논리의 이해를 위해서는 제논(Zenon)이
주장하는 화살의 역설(Arrow Parodox)이 도움이 될 수 있다.

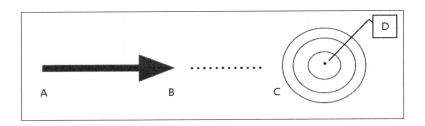

분명 화살은 A 지점에서 출발하여 D지점에 도착할 것임에는 틀림없다. 그런데 문제는 화살의 이동은 시간성은 물론 공간성을 지니게 되는 데 만약 B에서 C 사이에 잠깐 동안 멈췄다고 가정하면 그것을 관찰하게 되는 시점은 현재라는 것이다. 현재 엘리엇이 「번트 노턴」의 도입부에서 정의하는 것은 바로 현재의 특성에 대한 철학적 딜레마(dilemma)로서(Traversi 97) 현재가 바로 모든 시간의 중심이라 할 수 있으며 다만 우리가 사물의 변화를 볼 때 시간이 지나감에 따라 우리의 뇌 속에는 하나의 영상이 그대로 남아 있게 된다는 것이다. 결국 아우구스티누스가 여기서 강조하는 점은 시간의 분류에 있어서는 현재가 중요한 의미를 지니며 이 현재가 과거와 미래의 연결고리가 될 수 있다는 것이다. 쉽게 말해 '영원한 현재'(eternal present)라는 논리가 성립되는 것이다. 그래서 아우구스티누스는 미래와 과거의 개별적 존재 유무 또는 분리에 대해서 다소 회의적인 시각을 지니고 있다.

미래와 과거가 존재한다면 나는 그들이 어디에 있는지 알고 싶습니다. 그리고 내가 여전히 이것을 알 수 있는 능력이 부족할지라도 그럼에도 불구하고 나는 내가 아는 한 가지 바로 그것은 그들이 어디에 있던지 그들은 미래와 과거로서 거기에 있는 것이 아니라 현재로서 거기에 있는 것입니다. 왜냐하면 그들이 미래로 또한 거기에 있다면 그들은 아직 거기에 있는 것이 아니며, 그들이 또한 과거로 거기에 있다면 그들은 더 이상 거기에 존재하지 않기 때문입니다. 그래서 그들이 어디에 있던지 그리고 그들이 무엇이던지 간에 그들은 현재를 제외하고서는 전혀 어느 것일 수 없습니다.

If the future and the past exist, I want to know where they are. And if I still lack the strength to know this, nevertheless one thing I do know, which is that, wherever they are, they are not there as future and as past, but as present. For if there too they are future, they are not yet there, and if there too they are past, they are no longer there. Thus, wherever they are, and whatever they are, they cannot be anything except present. (*Confessions* 271)

아우구스티누스의 시간은 연장선으로서 개별적으로 시종(始終)이 명백한 점(point)이 아니라 하나의 원(circle)에 해당할 수 있다. 여기서 중요한 것은 과거와 현재의 종지점은 존재하지 않으며 다가올 미래의 종지점 또한 존재하지 않는다는 것이다. 이 논리는 바로 엘리엇에게 모든 시간을 과거, 현재, 미래로 분류하는 것은 무의미한 것이 된다는 것과 유사하다.

현재의 시간과 과거의 시간은
아마 모두 미래의 시간에 존재하고
미래의 시간은 과거의 시간에 포함된다.
모든 시간이 영원히 현존한다면
모든 시간은 되찾을 수 없는 것이다.

Time present and time past
Are both perhaps present in time future
And time future contained in time past.
If all time is eternally present
All time is unredeemable (BN I)

엘리엇이 "조건(If)을 사용하여 우리에게 시간에 대한 선택권을 제공했다고
하듯"(Dyson 196) 바로 그 조건은 모든 시간이 영원히 현존한다면 쉽게 말
해 과거, 현재, 미래가 각각 별개로 영원히 존재한다면 그 모든 시간은 구
원받을 수 없다는 것이다. 우리가 과거, 현재, 미래를 세 종류로 구분한다
면 각각의 시간적 의미는 사실상 그 기능을 잃어버린다는 것이다. 그래서
과거에 있을 수 있었던 일 또한 하나의 추상 세계에서만 영원히 존재할 가
능성으로 남게 된다는 논리가 성립한다.

있을 수 있었던 일은 하나의 추상으로
다만 사색의 세계에서만

영원한 가능성으로 남는 것이다.
있을 수 있었던 일과 있었던 일은
한 점 끝을 향하고, 그 끝은 항상 현존한다.

What might have been is an abstraction
Remaining a perpetual possibility
Only in a world of speculation.
What might have been and what has been
Point to one end, which is always present. (BN I)

위에서 보는 바와 같이 인상 속에는 단지 사색의 세계 속에서만 하나의 영
원한 가능성으로 존재하는 것이다. 그 이유는 '있을 수 있었던 일'은 정확
히 과거라고도 단정 지을 수 없는 시간이며 그렇다고 미래라고도 간주할
수 없는 시간이기 때문이다. 그래서 '있을 수 있었던 일'과 '현재까지 지속
되어 왔던 일'은 항상 그 점이 어디인지는 정확히 알 수 없을지언정 "항상
현존하면서 모든 끝을 넘어선 존재로서의 하나님"(Soud 177)을 상징한다.
그래서 아우구스티누스는 시간을 연장 개념으로 보고 있다.

그래서 저에게 시간이란 단지 일종의 연장일 뿐인 것처럼 보입니
다. 그러나 저는 연장이 무엇인지는 알지 못합니다. . . . 그러나 저
는 미래를 측정하지는 않습니다. . . . 왜냐하면 그것은 아직 존재하
지 않기 때문입니다. 저는 현재를 측정하지는 않습니다. 왜냐하면

현재는 공간속에서 연장성이 없기 때문입니다. 저는 과거를 측정하지는 않습니다. 왜냐하면 그것은 더 이상 존재하지 않기 때문입니다.

And so it seems to me that time can only be a kind of extension; but I do not know what it is an extension of. . . . But I am not measuring the future, because it is not yet in existence; I am not measuring the present, because the present has no extension in space; I am not measuring the past, because it no longer exists. (*Confessions* 279)

여기서 아우구스티누스는 매우 역설적이지만 흥미로운 주장을 펼치고 있다. 시간을 길이로 측정할 것인가 아니면 공간 내에서의 운동의 양으로 측정해야 할 것인가에 대한 문제를 제기하고 있다. 그러나 그는 존재하지 않는 미래를 측정하지는 않으며 공간 안에 가두어둔 현재 역시 측정할 수 없다고 주장한다. 이를 통해 아우구스티누스가 초점을 맞추고 있는 시제는 현재임을 알 수 있다. 즉, 영원한 현재를 기준으로 과거와 미래를 측정해야 한다는 것이다.[4]

또한 우리의 인상 속에 떠오르는 모습이 「번트 노턴」에서 다음과 같

---

4) 아우구스티누시 역시 이 사실을 그대로 인정하고 있다. 즉, 어떤 물체가 운동하고 있는 동안에 그것이 움직이기 시작해서 멈출 때까지의 순간으로 운동의 길이를 측정하지만 만약 그 물체의 움직이는 순간을 보지 못한다면 그것은 측정할 수 없으므로 시간은 물체의 운동이 아니라고 주장한다(*Confessions* 277 참조).

엘리엇의 「번트 노턴」 읽기: 엘리엇은 아우구스티누스의 『고백록』을 어떻게 반영/인유했는가?

이 나타난다.

    그 밖에도 메아리들이

    장미원에 산다. 우리 따라가 볼까?

    빨리, 새가 말했다. 그걸 찾아요, 찾아요,

    모퉁이를 돌아서. 최초의 문을 통과하여

    우리들의 최초의 세계로 들어가, 우리 따라가 볼까,

    믿을 수 없지만 지빠귀를? 우리들의 최초의 세계로 들어가,

    거기에 그것들은 있었다, 위엄스럽게, 눈에도 안 보이게,

    죽은 잎 위에 가을볕을 받으며,

    하늘거리는 대기 속에 가벼이 움직였다.

    그러자 새는 불렀다. 관목 숲 속에 잠긴

    들리지 않는 음악에 호응하여

    그리고 보이지 않는 시선이 오고 갔다.

    왜냐하면 장미는 우리가 보는 꽃들의 모습이었으니까.

    Other echoes

    Inhabit the garden. Shall we follow?

    Quick, said the bird, find them, find them,

    Round the corner. Through the first gate,

    Into our first world, shall we follow

    The deception of the thrush? Into our first world.

    There they were, dignified, invisible,

Moving without pressure, over the dead leaves,

In the autumn hear, through the vibrant air,

And the bird called, in response to

The unheard music, hidden in the shrubbery,

And the unseen eyebeam crossed, for the roses

Had the look of flowers that are looked at. (BN I)

결국 시적 화자의 인상 속에 떠오르는 모습들이 위와 같이 나타나고 있다. 화자의 인상 속에 떠오르는 이와 같은 이미지들이 펼쳐지는 순간은 현재이 지만 화자의 영상 속에는 분명 과거의 추억이 떠오르는 것이다. 결국 모든 시간이 현재라는 아우구스티누스의 주장처럼 인상 속의 내용이 발생했던 시간(순간)은 분명 과거이지만 관찰 시점은 현재—아우구스티누스의 '과거 의 현재'라는 표현이 합당하듯—라는 것이다. 특히 「번트 노턴」은 시간과 기억에 대한 명상이듯(Scofield 197) 화자의 영상 속 기억과 시간과의 관계 가 서로 밀접하게 연결되어 있으며[5] 이와 유사한 논리로 엘리엇은 「번트 노턴」의 제1부의 최종부를 장식한다.

---

5) 참고로 베르그송은 기억을 두 종류로 분류하는데 그것이 바로 '상상하기'(imagines)와 '반복하기'(repeats)이다. 상상하기를 베르그송은 '자발적이거나 임의적인 기억'이라고 부른다. 그 이유는 여기에는 자유(freedom)가 있기 때문이다. 두 번째 기억인 '반복하 기'는 행동에 동기를 부여하는 것으로서 바로 반복이 우리로 하여금 과거를 망각하게 한다고 주장한다(Ellmann 131). 물론 아우구스티누스에서는 기억의 훈련과 시험이 시 간 탐구에 대한 배경을 제공하지만 엘리엇은 그 과정을 전복시키고 있다(Warner 227) 고 하여 이 둘 사이에는 다소 차이가 있음을 알 수 있다.

과거의 시간과 미래의 시간

있을 수 있었던 일과 있었던 일은

한 끝을 향하고 그 끝은 항상 현존한다.

Time past and time future

What might have been and what has been

Point to one end, which is always present. (BN I)

즉, 「번트 노턴」의 첫 출발부와 마찬가지로 제I부의 종결부 또한 시간에 대한 사변적 논리로 마무리 된다. 결국 과거와 미래 그리고 있을 수 있었던 일과 현재까지 지속되었던 일은 모두 그 끝 점은 하나이고 그 끝 점은 과거와 미래로 변형되거나 분리되지 않고 '항상 현존'하는 것으로서 현재가 된다는 것이다. 이와 같이 다소 복잡해 보이는 시간 논리를 좀 더 구체적으로 설명하기 위하여 아우구스티누스는 다음과 같은 예증을 펼쳐 우리에게 설득적으로 다가온다.

무수히 많은 가능한 예들 중에서 한 가지를 들어보겠습니다. 나는 새벽하늘을 바라보고 있습니다. 그리고 해가 떠오를 것을 예언합니다. 내가 보고 있는 것이 현재입니다. 내가 예언하는 것은 미래입니다. 미래는 이미 존재하고 있는 태양이 아니라 아직 발생하지 않은 일출입니다. 그러나 내가 나의 마음속에 이런 일출을 상상할 수 없다면(내가 지금 그것에 대해서 이야기하는 것처럼) 나는 그것을 예언할 수 없습니다. 그러나 내가 하늘에서 보는 이글거림은 그것이 비록 일출 이전에 나올지라도 일출이 아니며 마음속에 이미지도 일출이 아닙니다. 이 두 가지 모두는 현재에 인식됩니다. 그래서 미래에 있는 일출은 예견될 수 있습니다. 그러므로 미래는 아직 오지 않았으며 그리고 그것이 아직 오지 않았다면 그것은 존재하지도 않습니다. 그것이 존재하지 않는다면 그것을 볼 수 있다는 것은 매우 불가능합니다. 그러나 그것은 이미 존재하고 있으며 볼 수 있는 현재로부터 예언할 수 있습니다.

Let me take one example out of the great number of possible examples. I am looking at the dawn sky and I foretell that the sun is going to rise. What I am looking at is present; what I foretell is future. What is future is not the sun, which is already in existence, but its rising, which has not yet taken place. Yet unless I could imagine in my mind this rising(as I do now in speaking of it), I should not be able to predict it. But the glow which I see in the sky is not the sunrise, although it comes before the sunrise; nor is the image in my mind the sunrise. Both those two are perceived in the present, so that the sunrise, which is in the future, can be foretold. The future, therefore, is not yet, and if it is not yet, it does not exist, and if it does not exist, it is quite impossible for it to be seen. But it can be predicted from the present which is already in existence and which can be seen. (*Confessions* 272)

위와 같은 아우구스티누스의 주장 속에는 결국 세 종류의 시간 중에 모든 시간은 현재라는 점을 강조하려는 의도가 내포되어 있다. 아우구스티누스의 설명대로 일출의 경우 우리가 새벽에 서광을 보고 일출을 예언하듯 이와 같은 미래에 대한 예언적 행위의 시간은 결국 현재라고 할 수 있다. 설령 마음속에 어떤 하나의 미래에 대한 인상이−과거에 대한 인상도 마찬가지−떠오른다면 단지 그것은 미래에 대한 상(象)을 우리가 그리고 있는 것에 불과할 뿐 실제로는 현재라는 것이다. 유사한 예로 과거 또한 지나가 버린 것을 과거라고 통상적으로 규정하지만 우리의 의식 속에는 과거의 상 또는 이미지를 현재의 기억 속에 떠올리는 것이기 때문에 엄밀히 이야기하면 바로 그 시간은 현재라는 것이 아우구스티누스 주장의 핵심이다. 재차 '영원한 현재'의 중요성을 우리가 인식할 수 있으며 또한 물리적으로 구분하는 과거, 현재, 미래는 실제로 앞서 이야기한 바와 같이 하나의 '연장' (extension)의 성격을 지닌다고 볼 수 있다.

한편 추상적 세계가 구체화되면 시간의 측정이 가능하기 때문에 다음과 같은 논리가 성립할 수도 있다.

이 점, 이 정지점이 없다면
춤은 없을 것이다. 거기에만 춤이 있다.
나는 거기에 우리가 있었음을 말할 수 있을 뿐이다. 그러나 어딘지
  는 말할 수 없다.
나는 얼마동안이라고도 말할 수도 없다. 그러면 그곳을 시간 안에

두는 것이기 때문이다.

> Except for the point, the still point,
> There would be no dance, and there is only the dance.
> I can only say, *there* we have been: but I cannot say where.
> And I cannot say, how long, for that is to place it in time. (BN II)

여기서 '거기'라는 장소에 대한 지정은 시간이 공간화로 변형된 장소라고
할 수 있으며 다시 말해 시간이 공간 속에 갇혀 버린 상태라고 할 수 있다.
그래서 시간은 공간화가 가능하다는 논리가 성립하기 때문에 '거기에 우리
가 있었음을 말할 수 있을 뿐'이라는 주장 역시 불합리한 것은 아니다. 그
러나 '어딘지는 분명히 말할 수 없다'고 하여 시간의 공간화의 끝 점을 명
확히 규정하기란 난해할 수 있다는 것을 알 수 있다. 그래서 시간이 공간
속에 존재하는 기간이나 양적 측정이 가능하다면 이미 그것을 시간 속에
가두어 버리는 행위가 될 수 있다. 엘리엇에게는 신비적 요소와 미학적 요
소가 혼합되어 있다고 하듯(Meyerhoff 76) 그가 설령 "과거의 시간과 미래
의 시간은 단지 적은 의식만을 허용한다"(Time past and time future//
Allow but a little consciousness BN II)고 하여 과거와 미래의 명확한 시간
구분의 난해함을 이야기하지만 한편으로는 실제적으로 측정 가능한 명확
한 시간이 존재함을 주장하기도 한다.

의식한다는 것은 시간 안에 있지 않다.
그러나 장미원에 있는 순간과
비가 내려치는 정자에 있는 순간과
매연이 오를 때 바람 잘 통하는 교회에 있는 순간은
다만 시간 안에서만 기억될 뿐이다. 그것이 과거와 미래에 포함된다.
시간은 시간을 통해서만 정복된다.

To be conscious is not to be in time
But only in time can the moment in the rose-garden,
The moment in the arbour where the rain beat,
The moment in the draughty church at smokefall
Be remembered; involved with past and future
Only through time time is conquered. (BN II)

위에서 보는 바와 같이 명확하게 시간을 측정할 수 있는 쉽게 말해 명확하게 과거인지 현재인지 미래인지를 구분할 수 있는 순간들이 바로 장미원에 있는 순간이고 비가 내려치는 정자에 있는 순간이며 매연이 오를 때 바람 잘 통하는 교회에 있는 순간 등으로 표현되고 있다. 이는 우리가 물리적으로 구분한 시간 표준에 의해서 살아가고 있는 것과 유사하게 위의 세 종류의 순간은 바로 명확히 측정할 수 있는 순간－단적으로 아우구스티누스의 시간 개념의 명확화처럼－이라 할 수 있다.

한편 아우구스티누스가 시간을 연장이라 규정하듯이 엘리엇 또한 현재를 기점으로 모든 것이 지속적으로 이어지는 경우를 보여주기도 한다.

다만 패턴과 형식에 의해서만
말이나 음악은 고요에 이른다.
마치 중국의 자기가 항시
고요 속에서 영원히 움직이는 것과 같다.
곡조가 계속되는 동안의 바이올린의 고요,
그것만이 아니라, 그것과의 공존,
아니 끝이 시작에 앞서고,
시작의 앞과 끝의 뒤에,
끝과 시작이 언제나 거기 있었다고 말할까.
그리고 모든 것은 항상 현재다.

Only by the form, the pattern,
Can words or music reach
The stillness, as a Chinese jar still
Moves perpetually in its stillness,
Not the stillness of the violin, while the note lasts,
Not that only, but the co-existence,
Or say that the end precedes the beginning,
And the end and the beginning were always there
Before the beginning and after the end.
And all is always now. (BN V)

엘리엇의 「번트 노턴」 읽기: 엘리엇은 아우구스티누스의 『고백록』을 어떻게 반영/인유했는가?

마치 중국의 자기가 고요 속에서 영원히 움직인다는 것은 정(靜) 속에 동(動)이 존재하면서 그 영원히 움직이는 것은 바로 현재가 그대로 살아 있음을 이야기하는 것이다. 마치 하나님의 말씀(Words)은 태초부터 현재까지 살아서 움직이는 것과 마찬가지로 비록 '끝이 시작에 앞서거나 시작의 앞과 끝의 뒤에', 또는 '끝과 시작이 항상 거기에 있었다고 말할까'라는 다소 혼란스러운 시/공간적 배열이 나열되지만 결국 '모든 것은 항상 현재'가 되는 것이다. 이 논리 또한 아우구스티누스의 모든 것이 현재라는 사실과 일치하고 있다. 설령 과거의 일이 마치 지나가 버린 것처럼 보이며 또한 미래가 아직 도래하지 않은 것처럼 보일 수 있지만 과거의 일과 미래의 일을 사색하거나 예언하는 행위의 시작은 결국 현재라는 것이다. 그래서 엘리엇은 '사랑'을 이미지화하여 '동'과 '정'의 중심으로 나타낸다.

> 패턴의 세부는 운동이다.
> 열 계단의 비유에서처럼.
> 욕망 자체는 동이고
> 그 자체는 좋지 못하다.
> 사랑은 그 자체가 동이 아니고
> 시간의 영역이
> 비존재와 존재 사이의
> 한계의 영역에 속하지 않으면
> 다만 동의 원인이고 궁극일 뿐,

초 시간이고, 욕망이 없다.

The detail of the pattern is movement,

As in the figure of the ten stairs,

Desire itself is movement

Not in itself desirable;

Love is itself unmoving,

Only the cause and end of movement,

Timeless, and undesiring

Except in the aspect of time

Caught in the form of limitation

Between un-being and being. (BN V)

여기서 '사랑'은 이미 시간을 초월한 흔히 이야기하는 물리적 시간을 초월한 경지에 이른 상태이다. 우리가 사랑을 중심에 놓을 수 없다면 다른 길로 중심을 찾아야한다(Smith 91)는 주장에서 알 수 있듯 사랑이 모든 것의 중심이라 할 수 있으며 사랑이 움직임의 원인인 동시에 목적이면서 무시간이면서 비욕망의 상태가 될 수 있다. 그래서 "엘리엇에게 시간이란 인식론적·형이상학적 연구의 일을 수행하는 것"(Kenner 116)이라 할 수 있다.

　계속해서 엘리엇은 현재, 즉 지금 바로 이 시간에 무언가 새로운 것을 탐색할 것을 주장하면서 『네 사중주』의 「번트 노턴」 전체를 마무리한다.

지금 빨리, 여기, 지금, 언제나－
우습게도 쓸모없는 슬픈 시간은
앞으로 뒤로 뻗쳤을 뿐.

Quick now, here, now, always－
Ridiculous the waste sad time
Stretching before and after. (BN V)

영원한 현재에 도달하기 이전의 시간이란 "우스우며", "쓸모없고", "슬픈" 특성을 지니고 있다(Llorens-Cubedo 69). 그래서 엘리엇은 「번트 노턴」의 종지부를 위와 같이 현재의 중요성을 '지금 빨리', 바로 '여기', 그리고 '지금'과 '언제나' 등 시간과 공간을 나타내는 이미지들로 마무리하면서 결국 알기 어려운 시간이 앞과 뒤로 뻗쳤을 뿐이라고 하여 실상 앞과 뒤는 우리가 물리적으로 분리 불가능한 의미를 함축한다고 볼 수 있는데 이 논리 또한 아우구스티누스의 연장이라는 시간적 의미로 해석할 수 있을 것이다.

나오는 말

지금까지 아우구스티누스가 『고백록』에서 주장하는 시간 개념을 엘리엇의 「번트 노턴」에 나타난 그것과 비교해 보았다. 단적으로 아우구스티누스의 시간은 연장성의 특징을 지니고 있다고 할 수 있다. 이를 엘리엇은 그대로 그의 작품에서 보여주고 있다. 우리가 현재 살아가면서 구분하거나 의존하고 있는 물리적 시간의 범주에서 엘리엇과 아우구스티누스는 공통적으로 벗어나 있다. 이 둘에게 공통점이란 현재를 중심으로 과거와 미래가 서로 연결되어 있으며 이미 지나간 과거 역시 현재 눈앞에서 지나가 버린 것에 불과하며 미래 또한 단지 우리의 의식 속에 떠오르는 상들에 대한 관찰 시점을 이야기하는 것으로서 현재에 해당한다. 다만 우리의 인상 속 또는 엘리엇의 경우 사색의 세계에서만 과거와 미래는 존재하는데 이 또한 현재로서 존재하는 것이며 아우구스티누스 역시 물리적 운동으로 시간을 측정하는 것도 불합리한 것이라 주장하는데 엘리엇도 유사하게 시간을 초월한 이미지를 사랑으로 표현하고 있다.

참고문헌

이규명. 「T. S. 엘리엇과 St. 아우구스티누스 ―이중구속의 비전」. 『T. S.엘리엇연구』 23.1 (2013): 61-92.

Chowdhury, Piku. "T. S. Eliot's Use of Silence as an Evolving Mode of Poetic Communication." *A Journal of Multidisciplinary Research* 2.2 (2013): 1-10.

Dyson, A. E. *Yeats, Eliot and R. S. Thomas: Riding the Echo.* London: The Macmillan Press Ltd., 1981.

Ellmann, Maud. *The Poetics of Impersonality: T. S. Eliot and Ezra Pound.* Massachusetts: Havard UP, 1987.

Kenner, Hugh. ed., *T. S. Eliot: A Collection of Critical Essays.* London: Prentice-Hall, Inc., 1962.

Llorens-Cubedo, Didac. "Midwinter Spring, The Still Point and Dante. The Aspiration to the Eternal Present in T. S. Eliot's *Four Quartets.*" *A Journal of English and American Studies* 48 (2013): 61-73.

Matthiessen, F. O. *The Achievement of T. S. Eliot: An Essay on the Nature of Poetry.* London: Oxford UP, 1976.

Meyerhoff, Hans. *Time in Literature.* California: The U of California P, 1974.

Scofield, Martin. *T. S. Eliot: The Poems.* London: Cambridge UP, 1988.

Smith, Grover. *T. S. Eliot's Poetry and Plays: A Study in Sources and Meaning.* Chicago: The U of Chicago P, 1974.

Soud, W. David. *Divine Cartographies: God, History, and Poiesis in W. B. Yeats, David Jones, and T. S. Eliot.* London: Oxford UP, 2016.

Traversi, Derek. *T. S. Eliot: The Longer Poems.* New York: Harcourt Brace Jovanovich, 1976.

Quinn, Maire A. *T. S. Eliot: Four Quartets.* London: Longman York Press, 1982.

Ward, David. *T. S. Eliot: Between Two Worlds.* London: Routledge and Kegan Paul,

1973.

Warner, Martin. "Philosophical Poetry: The Case of *Four Quartets*." *Philosophy and Literature* 10.2 (1986): 222-245.

Warner, Rex. trans. *The Confessions of St. Augustine*. London: The New English Library Limited, 1963. (*Confessions*로 표기함)

■ 이 글은 한국영미어문학회의 학술지 『영미어문학』(121호, 2016년 6월) pp.17-32에 게재된 것을 일부 수정 및 보완하였음을 밝힌다.

엘리엇의 「번트 노턴」 읽기: 엘리엇은 아우구스티누스의 『고백록』을 어떻게 반영/인유했는가?

아리스토텔레스의 시학과 엘리엇
모방론과 인유를 중심으로

―――――――

들어가는 말

아리스토텔레스(Aristotle)는 고대 그리스의 3대 철학자 중 한사람으로, 그가 저술한 『시학』(*Poetics*)은 많은 연구자들로부터 지속적인 관심의 대상이 되고 있다. 본 연구는 아리스토텔레스와는 시차가 있는 20세기 시인이자 비평가이며 극작가로 알려진 엘리엇(T. S. Eliot)의 창작 원리를 아리스토텔레스의 그것과 비교해보는 것이다. 엘리엇 역시 젊은 시절부터 철학에 관심이 있었으므로 엘리엇과 철학의 상관성 연구 또한 많이 수행되었다. 그동안 아리스토텔레스와 엘리엇과의 상관성 연구에 대한 선행 연구는 다음과 같이 요약할 수 있다. 먼저 해외에서는 쉐론(W. C. Charron)이 「엘리엇: 브레들리의 이율배반에 대한 아리스토텔레스적 중재자」("T. S. Eliot: Aristotelian Arbiter of Bradleyan Antinomies")로 연구했는가 하면 티머맨(John H, Timmerman)의 「아리스토텔레스식의 엘리엇:『황무지』의 구조와 전략」("The Aristotelian Mr. Eliot: Structure and Strategy in The Waste Land")이 있다. 이와 같은 연구에서 볼 수 있는 공통점은 아리스토텔레스의 철학이론을 중심으로 엘리엇의 작품을 감상했다는 것이다. 또한 국내에서는 이창배의 「모방론과 엘리엇의 시학」이 있다. 이 연구에서 이창배는 아리스토텔레스의 시학이론과 엘리엇의 시론을 중심으로 간략하게 언급한 바 있다.

본 연구는 아리스토텔레스의 '모방'(mimesis)이론과 엘리엇의 '인유'(allusions)에 한정하여 살펴보는 것이 목적이다. 이 목적을 수행하기 위해 아리스토텔레스의 모방개념과 엘리엇의 인유법을 고찰하며, 등장인물에 대한 아리스토텔레스와 엘리엇의 관점을 고찰한다.

아리스토텔레스의 모방과 엘리엇의 인유

아리스토텔레스의 작품창작의 기본 원칙은 '모방'이라 할 수 있으며 아리스토텔레스 또한 이 사실을 『시학』 전반부에서 다음과 같이 주장한다.

서사시와 비극 그리고 또한 희극과 주신찬가 및 플룻과 칠현금으로 연주되는 대부분의 음악은 모두 전체적 의미에서 보면 모방이다. 그러나 그들은 세 가지 방식에서 서로 다르다. 첫째, 모방의 다른 수단(또는 매체)을 사용하거나 둘째, 다른 대상을 모방하기, 세 번째로 표현과 동일한 형식이 아닌 다른 방식으로 모방함으로써 서로 다르다.

Epic poetry, tragedy, and also Comedy, the Dithyramb, and most of the music performed on the flute and the lyre are all, in a collective sense, Imitations. However, they differ from one another in three ways-either (1) by using different means [or media] of imitation; or (2) by imitating different objects; or (3) by imitating in a different manner and not in the same mode of presentation. (*Poetics* 45)

시는 물론 음악을 포함하여 희비극 모두가 '모방'이 그 근본 원리라는 것이 아리스토텔레스의 주장이다. 다만 모방의 수단이나 대상 및 방식에 한해서만 차이를 보인다는 것이다. 이 사실을 통해 아리스토텔레스에게 있어서의 모방론의 특성을 인식할 수 있으며 특히 그는 시의 기원을 두 가지로 분류한다.

일반적으로 시의 초기단계 동안에는 인간의 천성에 근원을 둔 두 가지 원인이 있었던 것처럼 보인다. 이런 방식으로 유년시기부터 인간의 내부에는 모방하는 것이 본능적이며 인간은 만물 중에서 가장 모방적이며 모방에 의해서 자신의 최초의 교훈을 얻기 때문에 다른 동물과는 다르고 그리고 본능적으로 또한 모든 인간은 모방에서 즐거움을 얻는다.

For the beginnings of poetry in general, there appear to have been two causes, both rooted in human nature. Thus from childhood it is instinctive in human beings to imitate, and man differs from the other animals as the most imitative of all and getting his first lessons by imitation, and by instinct also all human beings take pleasure in imitations. (*Poetics* 47)

바로 모든 인간은 선천적으로 모방 그 자체에서 즐거움을 얻으며 또한 모방에 있어서 다른 동물과 구별된다는 것이다. 그렇다면 우리는 여기서 아리스토텔레스의 모방과 엘리엇의 인유의 차이를 살펴볼 수 있다. 즉, 시의 종류와 무관하게 모방이 바로 그 근원이라는 것이 아리스토텔레스 주장의 핵심으로서 아리스토텔레스는 바로 최초의 원형을 시인이 모방하고 이를 다시 모방하는 행위를 반복한다고 주장한다.[1] 바로 이 논리는 그 모방의 역사는 반복적으로 되풀이된다고 해석할 수 있다. 풀어보면 원형이 존재한다고 가정할 때 그 원형을 어느 누군가가 모방하고(1차 모방) 그것을 다시 모

---

[1] 좀 더 부연하면 두 가지 원인을 각각 네 종류로 분류할 수 있는데 그들이 바로 모방행위와 모방의 즐거움 그리고 전체적인 모방과 선율 및 리듬이다. 그러나 아리스토텔레스의 전체적 이론에 기본이 되는 것은 모방행동과 모방의 즐거움이라고 볼 수 있다(*Poetics* 85).

방하는 행위(2차 모방)가 이어진다고 볼 수 있다. 물론 원형만은 변하지 않는 상태임을 우리는 유념해야 한다. 마치 우리가 무지개 색을 관찰하기 위해서 하나의 프리즘(prism)을 통하여 출현하는 색상들을 관찰했을 때 다양한 색상들이 나오는 것처럼－물론 빨강, 주황, 노랑, 초록, 파랑, 남색, 보라색 사이에도 우리가 시각적으로는 분별하기 어려운 색이 존재하는 것처럼－결국 원형의 모방에서 나온 결과는 결코 절대적일 수 없다는 논리, 즉 각 모방에는 그 결과의 차이가 있다는 사실을 알 수 있다. 바로 이 논리를 적용하면 엘리엇의 시 또는 시극 역시 최초의 원형에서 모방되었다는 추론이 가능하다. 좀 더 확대하면 엘리엇의 시나 시극은 다시 또 다른 후 세대의 시인이나 극작가가 또 다른 형태로 모방할 수 있다는 논리가 성립하는 것으로서 아리스토텔레스가 주장하는 '모방행위'의 원리를 뒷받침한다고 볼 수 있다. 그리고 이러한 모방행위는 엘리엇의 시인에 대한 평가의 맥락에 적용할 수 있는 것으로서 엘리엇은 시인에 대한 평가의 기준을 선배작가에 맞추고 있다.

> 어떤 시인 그리고 어떤 예술의 예술가도 그 자신의 완벽한 의미를 홀로 가질 수는 없다. 그의 중요성, 즉 그에 대한 평가는 그와 죽은 시인들과 예술가들과의 관계에 대한 평가이다. 당신은 그를 홀로 평가할 수 없다. 당신은 대조와 비교를 위하여 그를 죽은 자들 사이에 놓아야 한다.

No poet, no artist of any art, has his complete meaning alone. His significance, his appreciation is the appreciation of his relation to the dead poets and artists. You cannot value him alone; you must set him, for contrast and comparison, among the dead. (*SW* 49)

여기서 엘리엇은 당대의 작가는 선배 작가와의 비교 및 대조에 의해서만 평가될 수 있음을 이야기고 있다. 이 경우에 선배작가의 작품을 '원형'이라 부를 수 있을 것이며 원형의 변화의 정도와 농도는 각각 다를지라도 미세하게나마 차이를 보인다는 점을 우리는 알 수 있다. 엘리엇 역시 일종의 '인유법'을 이용하여 원형을 사용하였지만 자신의 의지대로 그것을 변형시켜 좀 더 색다른 의미를 전해주고 있다.

　　아리스토텔레스는 이러한 모방의 정도의 차이에 대한 궁금증을 해소하기 위해서 모방의 특징을 다음과 같이 진단한다.

　　그는(아리스토텔레스) 인간은 천성적으로 모방적이며 모방을 즐기고 모방에 의해 배운다는 것을 사실적 방식으로 관찰한 것에 만족해한다. 그는 심지어 하등동물과 시체와 같은 혐오스러운 것들에 대한 모방조차도 우리에게 단순히 그의 면밀한 정확성에 의해서 즐거움을 줄 수 있다고 지적한다.

He(Aristotle) is content to observe in a factual way that men are naturally imitative, that they enjoy imitating and learn by imitation. He

points out that even the imitation of repulsive things, such as lower
animals and corpses, can give us pleasure simply by its minute
exactness. (Dutton 20)

아리스토텔레스는 위와 같이 모방이 인간 활동의 중심이며 특히 인간은 모
방을 통해 즐거움을 얻는다고 주장한다. 이와 같은 주장에 대한 이해를 돕
기 위해서는 아리스토텔레스의 이야기를 좀 더 세밀하게 살펴볼 필요가 있
다.

> 아리스토텔레스는 그림 즉 사물의 모방은 사물 자체의 본질을 알려
> 주기 위한 것이 아니라(지도나 동물은 그럴 테지만) 보는 사람으로
> 하여금 인지의 기쁨(즉 경험의 되살림이 주는 기쁨)을 주려는 것으
> 로 보았다. 송장은 무섭지만 송장 그림에서는 그것이 송장을 그린
> 그림이라고 알아보는 것 때문에 즐겁다고 한다. . . . 즉, 예술은 인
> 지, 인식, 지식의 즐거움과 분리할 수 없다. 이는 특수에서 보편을
> 인지하는 능력이다. 이 능력의 발휘는 쾌감을 준다. (이상섭 31)

즉, 아리스토텔레스는 대상의 모방 자체 또는 모방의 정밀성이나 정확성이
라기보다는 '그 대상의 대상임을 인식하는 능력'을 강조한다. 쉽게 말해 대
상의 인식이 – 우리는 그 대상이 설령 혐오스러움을 유발함에도 불구하고
– 우리에게 즐거움을 제공한다는 것으로서 이 논리는 엘리엇이 선배작가

의 작품을 인유라는 방법을 통하여 전개함으로써 작품의 또 다른 지적 흥미를 유발하여 새로운 느낌을 극대화시키고 있는 것과 유사하다. 다시 말해 엘리엇은 시, 소설, 희곡 등 다양한 장르는 물론 국적이 다른 작품들을 인유법에 의존하여 자신의 작품을 창작했다. 바로 이 모습은 아리스토텔레스가 '어법(diction)의 다변화'를 강조한 것과 유사한 맥락으로 볼 수 있다 (*Poetics* 69 참조).

한편 아리스토텔레스는 바로 그 변하지 않는 원형과 관련하여 '보편성'을 강조한다.

> 아리스토텔레스는 시인은 사물을 있는 그대로가 아니라 그들이 되어야만 하는 상태로 묘사해야 한다고 주장한다. 주로 플라톤에 대한 대답으로 의도했을지라도, 보편성에 대해 이와 같이 강조하는 모습이 아리스토텔레스의 전체 문학관에 내포되어 있다.

> Aristotle insists, poets present things, not as they are, but as they should be. This emphasis on the universal, though primarily intended as an answer to Plato, is implicit in Aristotle's whole view of literature. (Hall 9)

위의 진단은 사물이 변할 수 있는 가능성, 다시 말해 시인의 상상력에 의해 사물이 변화될 수 있음을 시사하는 것이다. 여기서 아리스토텔레스가 주장하는 핵심어는 '보편성'과 더불어 '시인의 상상력'이라 할 수 있다. 비유적으로 표현해보면 사물을 있는 그대로 묘사하는 정물화와는 달리 마치 피카소(Pablo Picasso)의 묘출화법처럼 정물에서도 보는 시각이나 상상력에 의해서 그 사물은 다르게 표현될 수 있다는 것이다. 그래서 시인은 현재의 사건은 물론 미래의 사건에 대해서도 그것을 상상적 기법에 의해서 달리 표현할 수 있음을 이야기한다고 볼 수 있다. 그만큼 시인의 상상력이 중요하다는 의미이며 아울러 상상력에 의해 표현된 모습은 변화될 수 있다는 논리가 성립한다.

또 한편 엘리엇이 강조하는 '시와 정서의 관계'에 대하여 아리스토텔레스는 다음과 같이 정의한다.

> 적어도 비극의 관점에 있어서 아리스토텔레스는 시란 정서를 불러
> 일으키지만 어느 정도 정서를 통제하고 전달한다는 의견을 내놓는
> 다.

> Aristotle puts forward the view, at least in respect of tragedy, that
> poetry, while exciting the emotions, somehow controls and channels
> them. (Dutton 21)

바로 시에 있어서의 정서 통제를 아리스토텔레스가 이야기하고 있다. 아리스토텔레스가 비록 간략하게 이야기하지만 위와 같은 논리는 엘리엇의 정서 통제의 원칙과 유사한 측면이 있다. 즉, "엘리엇의 주된 소망은 지적밀

아리스토텔레스의 시학과 엘리엇: 모방론과 인유를 중심으로

도(intellectual density)가 아니라 정서적 감동의 섬세함"(Matthiessen 57)이라는 평가를 통해서 우리는 엘리엇이 정서 표현에 얼마나 신중했는가를 알 수 있다. 이를 대변하듯 엘리엇은 시를 다음과 같이 정의한다.

> 시는 정서의 느슨한 표출이 아니라 정서로부터의 도피이다. 그것은 개성의 표현이 아니라 개성으로부터의 도피이다. 그러나 물론 개성과 정서를 지닌 사람들만이 이와 같은 것들에서 도피를 원한다는 것의 의미를 알고 있다.

> Poetry is not a turning loose of emotion, but an escape from emotion; it is not the expression of personality, but an escape from personality. But, of course, only those who have personality and emotions know what it means to want to escape from these things. (SW 58)

엘리엇의 주장은 간단히 '정서로부터의 탈피'라고 요약할 수 있다. 그렇다면 여기서 아리스토텔레스는 시인을 어떻게 정의할까라는 궁금증이 유발될 수 있는데 이러한 궁금증에 대해서 그는 시인의 기술을 "천부적 재능을 소유한 인간의 기술"(Poetics 63)로 정의한다. 즉, 시인은 특별한 재능을 소유하고 있는데 바로 그 재능이란 시인이 등장인물의 상태를 충분히 인식한다는 것이다. 바로 이것을 시인의 특별한 기술이라고 아리스토텔레스는 강조하는 데 그 이유는 시인은 시 속의 등장인물의 고통 및 고뇌를 먼저 인식할 수 있는 능력의 소유자이기 때문이다(*Poetics* 62-63 참조).

그러면서 아리스토텔레스는 이해를 돕기 위하여 '시'와 '역사'를 비교하면서 다음과 같이 진단한다.

> 그래서 시는 다소 보편적인 것을 표현하고 역사는 특별한 사실을 표현하는 경향이 있다는 점에서 시가 역사보다 더 철학적이며 더 고상한 것이다.
>
> Poetry, therefore, is a more philosophical and a higher thing than history, in that poetry tends rather to express the universal, history rather the particular fact. (*Poetics* 54)

위의 분석을 통하여 시인은 보편적인 방식으로 다양한 것들을 묘사하는 반면에 역사는 그 자체의 사실만을 위한 방법으로 여러 가지 일들을 서술하는데 멈춘다는 사실을 알 수 있다. 바로 아리스토텔레스는 시대나 국가 그리고 인종 등을 초월하여 보편적인 이야기를 화제의 중심으로 삼아야 한다고 주장한다. 그러면서 그는 시인이 역사가보다 뛰어난 점이 바로 보편성이라면서 다음과 같이 주장한다.

> 시가 보편적인 것을 다루기 때문에 시인의 플롯 뿐 아니라 등장인물들도 보편적이어야 한다. 이 개념이 아리스토텔레스의 시대나 루

이 14세 시대이건 간에 모든 고전 비극을 형성했다.

Since poetry deals with the universal, the poet's characters as well as the poet's plots should be universal. This conception molded all classical tragedy, whether of Aristotle's time or that of Louis Xiv. (Hall 9)

위의 주장을 통하여 우리는 시인이란 단순히 독특한 시각 또는 편협한 사고만을 지녀서는 안 된다는 사실을 알 수 있다. 시인은 시대의 보편적 흐름이나 세태를 분석하고 해독할 수 있는 능력을 갖춰야한다는 것이다. 시대적 상황파악과 관련해서는 엘리엇의 작품 속에 나타난 주인공들 대부분이 일반인들이며 이들은 전형적인 20세기 현대인을 의미한다는 맥락과 유사하다고 볼 수 있다.

그러면서 아리스토텔레스는 이제 시인과 역사가를 대비시켜 이 둘 사이를 좀 더 흥미롭게 분류한다.

이미 말했던 것으로부터 시인의 기능은 일어났던 것들을 보고하는 것이 아니라 일어날 수 있는 것들, 즉 그들 자체로 필연적이거나 개연성에 의해서 실현될 수 있는 것들에 대해 이야기한다는 것이 자명해질 것이다.

From what has already been said, it will be evident that the poet's function is not to report things that have happened, but rather to tell

of such things as might happen, things that are possibilities by virtue
of being in themselves inevitable or probable. (*Poetics* 54)

역사가와 시인을 아리스토텔레스는 위와 같이 명확하게 구분하고 있다. 앞서 살펴본 바와 같이 역사가는 있었던 사실, 즉 명확한 사건에 대한 묘사에 무게의 중심을 둔다. 그러나 시인은 개연성을 이야기의 소재로 삼고 있기 때문에 시인이 더 철학적으로 보일 수 있다.

등장인물에 대한 아리스토텔레스와 엘리엇

앞선 제2장에서 아리스토텔레스의 모방과 엘리엇의 인유에 대해서 살펴보았다. 제3장에서는 아리스토텔레스가 자신의 『시학』에서 밝히고 있는 등장인물론과 엘리엇의 그것을 비교해 보고자한다. 우선 등장인물에 대한 아리스토텔레스의 설명을 간략하게 살펴볼 필요가 있다.

등장인물과 플롯의 구성에서는 똑같이 우리는 필수적이거나 개연적인 것을 위해 노력해야한다. 그러면 어떤 종류의 등장인물이 말하거나 행동하는 것은 무엇이든 등장인물이 필연적 또는 개연적으로 말하거나 행동하게 될 그런 종류가 될 것이며 플롯의 사건들은 차례대로 필연적 또는 개연적으로 따라오게 될 것이다.

In the characters and the plot construction alike, one must strive for that which is either necessary or probable, so that whatever a character of any kind says or does may be the sort of thing such a character will inevitably or probably say or do and the events of the plot may follow one after another either inevitably or with probability. (*Poetics* 60)

제2장에서 아리스토텔레스가 시인과 역사가를 구분하면서 시인은 개연성을 추구한다는 점에서 역사가와 차이가 있다고 주장한 바 있지만 위에서는 한층 더 시인이 창조한 등장인물의 개연성과 필연성을 강조한다. 그리고 이와 같은 개연성과 필연성은 또한 플롯에도 영향을 끼치게 된다는 사실을 알 수 있다. 그러면서 아리스토텔레스는 등장인물을 다음과 같이 분류하기에 이른다.

그러나 이와 같은 극단 사이에는 중간이 남겨져 있다.[2] 이것은 현저하게 덕스럽지 못하거나 정의롭지 못하며 그의 불행으로의 몰락은 사악함이나 악행에 의해서가 아니라 다소 어떤 결함이나 실수에 의해 유발되는 그런 종류의 사람이다.

---

[2] 아리스토텔레스는 "극에서 행동이 청중에게 공포와 연민을 고무시켜야하기 때문에 선한 사람이 행복에서 불행으로 넘어가는 것으로 묘사되어서는 안 되며, 악인이 불행에서 번영으로 발전하는 것도 역시 부적절하다"(Dutton 23)고 주장한다. 그래서 아리스토텔레스는 선한 사람과 악한 사람사이에는 중간이 있다고 주장하는 것이다.

But there remains a mean between these extremes. This is the sort of man who is not conspicuously virtuous or just and whose decline into misery is not caused by vice and depravity, but rather by some flaw or error. (Dutton 23)

위에서 아리스토텔레스는 주인공의 비극적 결함, 즉 '등장인물 개인이 지닌 취약성'을 이야기하고 있다. 이를 엘리엇에게 적용하면 현대인의 잘못된 신앙관 또는 신앙을 상실한 인간의 취약한 모습으로 나타난다고 볼 수 있다. 그 예로 엘리엇은 프로프록(J. Alfred Prufrock)이나 게론티온(Gerontion) 그리고 소소스트리스 부인(Madame Sosostris) 등을 설정하고 있는데 이와 같은 주인공들의 성격적 결함은 단순히 어느 한 개인의 성격적 결함이라기보다는 20세기 신앙이나 목적의식이 불분명한 인간 군(群)을 의미한다고 볼 수 있다. 엘리엇은 이와 같이 단순히 어느 한 인간의 성격적 결함을 이야기하는 것이 아니라 그 한 인간을 통하여 전 세계인의 삶에 대한 결함으로 의미를 확대시키고 있다. 좀 더 부연하면 프로프록의 행위의 결함과 바람직하지 못한 게론티온의 사고와 의지 그리고 점술 행위에 의존하는 소소스트리스 등은 실상 비극적 결함의 한 종류라고 할 수 있다. 바로 이러한 모습은 국적을 초월한 20세기 세계인을 대표하는 데 그들이 바로 실베로(Silvero), 하카가와(Hakagawa), 토른퀴스트 양(Madame de Tornquist), 쿨프 양(Fraulein von Kulp) 등으로 이들은 모두 왜곡된 신앙(Williamson 109)을 나타내는 동시에 "부패된 문명을 상징한다"(Smith 60).

이와 같은 특징을 통하여 시인의 등장인물 설정 과정의 중요성을 알 수 있는데 시인의 창작능력과 관련해서 아리스토텔레스의 이야기를 좀 더 들어볼 필요가 있다.

가능한 깊게 작가는 자신의 작품을 몸짓으로 표현해야 한다. 왜냐 하면 가장 설득력 있는 시인들은 자신들의 등장인물과 동일한 성격 을 갖고 그들의 고통에 들어가는 사람들이기 때문이다.

As far as possible the author should act his piece with gesture, for the most persuasive poets are those who have the same natures as their characters and enter into their sufferings. (Gilbert 94)

무엇보다도 설득력 있는 시인은 등장인물과 동일한 성격을 소유하고 그들의 고통을 공유할 수 있는 사람이라고 정의할 수 있다. 바로 작가 자 신과 등장인물 사이의 탁월한 공감 능력을 이야기하는 것이다. 이는 엘리 엇이 20세기 현대인의 삶의 모습에서 느끼는 공통적인 허무의식을 비교적 사실적으로 묘사했다는 점과 유사하다.

한편 아리스토텔레스는 등장인물은 절대적인 것이 아니라 상대적이 라는 주장을 펼친다.

비록 여성이 열등한 존재이며 노예가 매우 무가치하다고 말할지라도 심지어 여성도 선하며 그리고 또한 노예도 선할 수 있다.

Even a woman may be good, and also a slave; though the woman maybe said to be an inferior being, and the slave quite worthless. (Hall 9)

위 주장은 어느 한 인물의 틀에 박힌 고정형을 이야기하는 것이 아니라 때와 장소에 따라 작가가 창조한 인물들의 성격은 상대적일 수 있다는 논리라고 해석할 수 있다. 그러나 그 상대적 등장인물의 창조는 바로 작가의 능력 또는 역량에 달려 있다고 볼 수 있다. 단적으로 앞서 언급한 등장인물들-소소스트리스, 타이피스트, 게론티온, 프로프록 등-또한 시인인 엘리엇이 자유자제로 다른 인물로의 변환이 가능하다는 결론이 나올 수 있다. 이와 같이 아리스토텔레스는 어디까지나 작중 인물의 성격 또는 특징은 변화가 가능함을 시사하고 있다. 다만 아리스토텔레스는 창작과정에서 다음을 주의할 것을 권고한다.

여러 사태들의 격변[즉, 복합플롯]과 단순 플롯에서도 시인들은 자신들이 유발시키고자 하는 효과 다시 말해 비극적 효과와 인간적 공감의 효과에 어떻게 자신들의 목적을 고정시키는가에 주목할 만하다.

It is remarkable how both in peripeties[i.e., complex plots] and in simple plots the poets keep their aim fixed on the effects they wish to produce-the tragic effect, that is, and the effect of human sympathy. (*Poetics* 64)

위의 주장을 통하여 시인이 플롯을 구성하는 과정에 있어서의 목적은 바로 비극적 효과와 인간적 공감 형성이라 할 수 있다. 여기서 아리스토텔레스는 인간적 공감과 플롯 구성의 중요성을 주장하는 것인 데 이와 같은 주장을 엘리엇이 사용하고 있는 인유법에 적용하면 흥미로운 결과를 도출할 수 있다. 과연 엘리엇은 셰익스피어(William Shakespeare), 보들레르(Charles Baudelaire), 밀턴(John Milton), 단테(Alighieri Dante), 웹스터(John Webster), 마블(Andrew Marvell), 베를렌느(Paul Verlaine), 골드스미스(Goldsmith), 키드(Thomas Kyd) 등이 창작한 원작들을 어떻게 변형시켰는가라는 궁금증이 유발될 수 있는데 이 궁금증을 해소시키기 위해서 엘리엇이 사용한 예를 보면 다음과 같다.

그대! 위선의 독자여!- 나의 동포여,- 형제여

You! hypocrite lecture!- mon semblable,- mon frére!

("The Burial of the Dead")

먼저 위의 인유는 보들레르의 『악의 꽃』(*Les Fleurs du mal*)의 서문에 있는 것으로 이를 엘리엇이 자신의 시 『황무지』(*The Waste Land*)에 차용한 것이다. 위의 시행은 『황무지』의 제1부 「사자의 매장」(*"The Burial of the*

Dead")의 최종 행에 해당하는 것으로서 엘리엇은 '우리를 위선적인 독자'로 규정하여 우리가 곧 전 세계인을 의미하고 있다. 즉, 전 세계 모든 독자임을 강조하기 위해서 엘리엇이 이와 같이 보들레르의 표현을 사용했다.

또 한편 엘리엇은 셰익스피어의 원작을 다음과 같이 인유의 방법을 취하기도 한다.

> 그 여자가 앉은 의자는 광택이 찬란한 옥좌와 같이
> 대리석 위에서 빛났고, 거기에 체경이
> 열매 맺은 포도 덩굴을 아로새긴 기둥으로 받쳐졌는데,
> 그 덩굴 사이로 금빛 큐핏이 내려다보고 있다.
> (또 하나는 날개로 두 눈을 가리고 있고)
> 일곱 개 가지 친 촛대의 불길이 체경에 이중으로 비쳤고
> 이 빛을 받으며 비단 갑에서 쏟아져 나오는
> 보석의 광채는 한데 어울려
> 원탁 위에 넘쳐흘렀다.

> The chair she sat in, like a burnished throne,
> Glowed on the marble, where the glass
> Held up by standards wrought with fruited vines
> From which a golden Cupidon peeped out
> (Another hid his eyes behind his wing)
> Doubled the flames of seven branched candelabra

Reflecting light upon the table as

The glitter of her jewels rose to meet it,

From satin cases poured in rich profusion. ("A Game of Chess")

윗부분은 셰익스피어의 원작에서 엘리엇이 일종의 모방의 방법을 취한 것이다. 바로 셰익스피어의 『안토니와 클레오파트라』(*Antony and Cleopatra*)의 제2막 제2장에서 인유했다고 볼 수 있으며 엘리엇 자신도 그 사실을 인정하고 있다("Notes on *The Waste Land*" 참조). 엘리엇은 마치 클레오파트라(Cleopatra)를 연상시키는 현대의 상류층 여성을 첫 배경으로 설정하고 있다. 물론 여기서 중요한 것은 그 여성의 외적 화려함이라기보다는 내적 불안감을 나타내고자 한 것이 엘리엇의 의도이다.3) 위의 두 가지 경우를

---

3) 『안토니와 클레오파트라』에 등장한 표현은 다음과 같다.

(Enobarbus) I will tell you.

The barge she sat in, like a burnished throne,

Burned on the water. The poop was beaten gold;

Purple the sails, and so perfumed that

The winds were lovesick with them. The oars were silver,

Which to the tune of flutes kept stroke and made

The water which they beat to follow faster,

As amorous of their strokes. For her won person,

It beggared all description. She did lie

In her pavilion, cloth-of-gold of tissue,

O'erpicturing that Venus where we see

The fancy outwork nature. On each side her

Stood pretty dimpled boys, like smiling cupids,

통해서 살펴본 바와 같이 엘리엇은 원작을 그대로 살리면서도 그 의미를 확대시켰다고 볼 수 있다.

또 다른 인유로서 성경에 등장한 배경을 엘리엇이 사용한다.

땀에 젖은 얼굴들을 붉게 비치는 횃불이 있는 이래
동산에 깃든 서리 발 같은 침묵이 있은 이래
암지에서의 고뇌가 있은 이래
아우성 소리와 우는 소리와
감옥과 궁전과 먼 산 너머로 들리는
봄철의 뇌성의 반향
살아 있던 그분은 이미 죽었고
살아 있던 우리들 지금 죽어간다.
가냘픈 힘으로 견뎌 보긴 하지만

After the torchlight red on sweaty faces
After the frosty silence in the gardens
After the agony in stony places
The shouting and the crying
Prison and palaces and reverberation
Of thunder of spring over distant mountains

With divers-coloured fans, whose wind did seem
To grow the delicate cheeks which they did cool,
And what they undid did. (2.2. 195-210)

He who was living is now dead

We who were living are now dying

With a little patience ("What the Thunder Said")

사실 원형은 성경이지만 엘리엇은 성경의 원형을 자신의 시에 인유하여 좀 더 새로운 느낌을 전해주고 있다.[4] 위의 장면은 한밤중에 예수를 체포하기 위해 온 군대와 대제사장의 모습으로서 엘리엇은 예수의 내적 고뇌를 나타내는 이미지들을 현장감 있게 살려내고 있다. 엘리엇이 사용한 이미지에 대해서 워너(Martin Warner)는 "그의 이미지는 우리가 육안으로 보는 것과 비교하면 너무 광범위하고 상징적이기 때문에 문자 그대로 그 이미지를 본다는 것은 불가능하다"(111)고 주장한다. 즉 엘리엇의 작품 속에 나타난 이미지를 깊게 이해한다는 것이 그만큼 난해하다는 의미를 내포한다.

---

4) 예수가 체포되는 장면이 성경에는 다음과 같이 나타난다. *유다가 군대와 및 대제사장들과 바리새인들에게서 얻은 하속들을 데리고 등과 홰와 병기를 가지고 그리로 오는지라 * 예수께서 그 당할 일을 다 아시고 나아가 가라사대 너희가 누구를 찾느냐 * 대답하되 나사렛 예수라 하거늘 가라사대 내로라 하시니니라 그를 파는 유다도 저희와 함께 섰더라. . .*이에 군대와 천부장과 유대인의 하속들이 예수를 잡아 결박하니라.(*Then Judas, having received a detachment of troops, and officers from the chief priests and Pharisees, came there with lanterns, torches, and weapons. * Jesus therefore, knowing all things that would come upon Him, went forward and said to them, "Whom are you seeking?" *They answered Him, "Jesus of Nazareth." Jesus said to them, "I am He." And Judas, who betrayed Him, also stood with them. . . . * Then the detachment of troops and the captain and the officers of the Jews arrested Jesus and bound Him (「요한복음」 18:3-5. . .12).

나오는 말

지금까지 아리스토텔레스의 모방이론과 엘리엇의 인유를 살펴보았다. 아리스토텔레스는 시는 물론 음악조차도 그 기본 창작 원리를 모방이라고 규정한다. 아울러 인간 자체도 모방 본능이 존재하며 모방을 통하여 즐거움을 얻는다고 한다. 즉, 모방이란 원래 모방되지 않은 원형을 타인(작가도 물론 포함)이 2차, 3차 모방한다고 볼 수 있다. 그런데 이 논리는 엘리엇의 경우 인유의 과정에 비유될 수 있다. 즉, 아리스토텔레스의 원형은 엘리엇이 자신의 작품을 창작하는 과정에서 사용한 보들레르와 셰익스피어, 단테, 밀턴의 작품이나 성경 등이라 할 수 있으며 이것을 엘리엇은 인유라는 방법에 의존하여 작품을 창작했다고 볼 수 있다.

또한 아리스토텔레스는 역사가와 시인의 차이를 보편성에 두고 있는데 엘리엇은 등장인물들이 그들 개인의 성격적 결함의 문제가 아니라 일반적으로 전 세계인을 상징하는 하나의 유(類)를 형성하고 있다. 아울러 아리스토텔레스는 정서통제를 주장하고 있는데 엘리엇 역시 이와 유사한 생각을 가지고 있으며 어디까지나 아리스토텔레스와 엘리엇은 시차가 있음에도 불구하고 등장인물의 설정에 관심을 두었다고 볼 수 있다.

참고문헌

이창배. 「모방론과 엘리엇의 시학」. 『T. S. 엘리엇연구』 6(1998): 267-90.

이상섭. 『아리스토텔레스의 『시학』 연구』. 서울: 문학과 지성사, 2002.

Charron, William C. "T. S. Eliot: Aristotelian Arbiter of Bradleyan Antinomies" *The Modern Schoolman* 73.1(1995): 91-114.

Dutton, Richard. *An Introduction to Literary Criticism*. London: Longman, 1984.

Eliot, T. S. *The Sacred Wood: Essays on Poetry and Criticism*. London: Methuen, 1972.

Gilbert, Allan H. *Literary Criticism: Plato to Dryden*. Detroit: Wayne State UP, 1962.

Hall, Vernon. *A History of Literary Criticism*. New York: New York UP, 1963.

Hutton, James. *Aristotle's Poetics*. London: W. W. Norton, 1982. [*Poetics*로 표기]

Timmerman, John H. "The Aristotelian Mr. Eliot: Structure and Strategy in The Waste Land" *Yeats Eliot Review* 24.2(2007): 11-23.

Matthiessen, Fransis O. *The Achievement of T. S. Eliot: An Essay on the Nature of Poetry*. London: Oxford UP, 1976.

Smith, Grover. *T. S. Eliot's Poetry and Plays: A Study in Sources and Meaning*. Chicago: Chicago UP, 1974.

Warner, Martin. "The Poetic Image." *Royal Institute of Philosophy Supplement*. 71 (2012): 105-28.

Williamson, George. *A Reader's Guide to T. S. Eliot: A Poem by Poem Analysis*. New York: The Noonday P, 1953.

■ 이 글은 현대영미어문학회의 학술지 『현대영미어문학』(제33권 4호, 2015년 가을) pp. 141-156에 게재된 것을 일부 수정 및 보완하였음을 밝힌다.

프로이드와 엘리엇
프로이드의 문학창작과 엘리엇의 반영

들어가는 말

　　프로이드(Sigmund Freud, 1856-1939)의 심리학은 유일하게 인간의 마음을 체계적으로 설명해 놓은 것으로 평가된다(Lodge 276). 특히 인간이 자신의 내면을 바라볼 수 있는 계기를 만들었다는 점에 있어서 프로이드를 높이 평가할 수 있을 것이다.

　　본 연구는 프로이드와 동시대에 활동했던 시인이자 비평가로 알려진 엘리엇(T. S. Eliot, 1888-1965)의 시를 조명해 보는 것이다. 프로이드가 심리학적 비평의 토대를 세웠다면 엘리엇은 20세기 신시 운동의 선구자라고 할 수 있다. 본 글은 프로이드의 작가론과 그리고 이 작가론이 엘리엇의 시에 어떻게 투영되었는가를 살펴보는 것이 목적이다.

그동안 프로이드와 엘리엇에 대한 연구는 국내외에서 지속적으로 출현하고 있다. 먼저 해외의 경우 네그(Sourav Kumar Nag)의 「엘리엇의 곡예 동물들: 엘리엇 시의 모더니티와 동물적 원시성」("Eliot's Circus Animals: Modernity and the Zoic Primitivism in Eliot's Poetry")이 있다. 이 연구에서 네그는 모더니티와 동물적 원시성을 이야기하면서 엘리엇 시에 나타난 동물과 주인공의 심리상태를 흥미롭게 연결 짓고 있다. 그리고 가드너 (Howard Gardner)는 「창작자들의 패턴들」("The Creators' Patterns")이란 연구에서 프로이드와 엘리엇은 물론 아인슈타인(Albert Einstein)과 피카소 (Pablo Picasso) 그리고 스트라빈스키(Igor Stravinsky) 등에서 볼 수 있는 특유한 창작방법을 분석하고 있다. 그리고 국내에서도 몇 종류의 연구가 수행되었는데 우선 조병화의 「『네 사중주』: 실패한 애니마」가 있다. 조병화는 이 연구에서 프로이드의 무의식적 표현 기제(mechanism) 중 하나인 애니마(Anima)와 엘리엇의 시를 연구한 바 있으며 그리고 이정호의 「판타지로서의 시: 『황무지』의 정신분석학적 읽기」가 있다. 글제가 암시하는 바와 같이 이 연구는 『황무지』(The Waste Land)를 정신분석학적으로 분석하면서 엘리엇과 프로이드를 이야기한 바 있다.

프로이드의 작가론 그리고 엘리엇과 그의 시

우선 프로이드는 예술의 의미를 다음과 같이 정의한다.

프로이드는 예술을 인간의 본능적 삶에 대한 억압을 대가로 문명이 인간에게 제공한 것 중에서 가장 중요한 대리만족으로 간주했다.

Freud considered art to be the most important substitute gratification that civilization offered men in exchange for the repression of their instinctual life. (*Interpretations* 133)

결국 예술과 인간의 본능은 매우 밀접한 연관성이 있음을 알 수 있다. 주지하듯이 프로이드에게 본능과 무의식(unconscious)은 그의 심리학 연구는 물론 심리학적 비평에서도 결코 예외 시킬 수 없는 표현이다. 그런데 여기서 인간의 육안으로는 관찰하기 어려운 이와 같은 본능이나 무의식 속에 나타난 상(image)을 어떻게 표현할 것인가라는 문제가 발생한다. 이 문제를 해결하기 위해서 프로이드는 '상징'(symbol)을 그 중심에 놓고 있다. 프로이드의 상징은 콜리지(Samuel Taylor Coleridge)와 예이츠(William Butler Yeats)를 통해 엘리엇에게 이르기까지 폭넓게 사용되고 있다(Dutton 63). 그러나 프로이드가 정의하고 있는 상징은 문학적 상징만을 의미하는 것은 분명 아니라는 사실을 우리는 유념할 필요가 있다. 다시 말해 그것은 문학적 상징은 물론 무의식에 나타난 '상'을 구체화시키기 위한 다양한 기제들

을 의미한다는 것이다. 그만큼 프로이드의 상징의 의미는 다양하다고 볼
수 있다.

그 용어는 많은 특별한 의미로 사용되었지만 중요한 의미는 일반적
으로 창조적 예술가에 의해 사용된 언어는 문자 그대로 실재를 묘
사하는 것이 아니라 어떤 특별히 긴장되거나 효과적인 방식으로 실
재에 대한 중요한 믿음과 생각 또는 관념을 어느 정도 구체화한다
는 것이다.

The term was used in a variety of special senses, but the key
suggestion was usually that language as used by the creative artist
does not literally depict reality but somehow embodies key beliefs,
ideas or concepts *about* reality in a particularly charged or effective
way. (Dutton 63)

위에서 보는 바와 같이 프로이드의 상징은 그 의미가 다양하며 문학창작의
경우 작가 자신이 나타내고자하는 바를 제시하기 위한 방법으로 상징을 사
용한다고 볼 수 있다. 바로 실재―여기서 실재란 무의식 속에 나타난 상을
구체화시키는 것을 의미함―에 대한 생각이나 관념의 구체화를 위해서 프
로이드는 자유 연상(free association)과 정신적 외상(trauma)그리고 저항
(resistance)과 억압(repression) 및 현실원칙(reality principle), 성적충동
(libido), 쾌락원칙(pleasure principle)등에 이르기까지 다양한 기제들을 사

용하는 반면에(*Interpretations* 156-157) 시인들은 이미지(image), 상징, 은유(metaphor), 직유(smile), 환유(metonymy) 등을 사용한다고 볼 수 있다. 특히 엘리엇에게는 프로이드의 다양한 상징 기제들에 해당하는 것이 이미지, 상징, 은유 등은 물론 극적독백(dramatic monologue)이나 객관적 상관물(objective correlative)과 몰개성(impersonality) 그리고 통일 감성(unified sensibility) 및 인유(allusions) 등이라고도 볼 수 있을 것이다.[1] 즉, 표현하는 주체가 시인이든 시적화자이든 다양한 방법으로 작가의 무의식적 상이나 본능적 욕구를 작품 속에 나타낸다고 할 수 있다. 프로이드 역시 이와 같은 논리와 어울리게 작품창작 과정에서의 작가의 역할을 다음과 같이 주장한다.

그것(글쓰기)에서 그들(작가들)은 자신들의 무의식적 마음의 욕망을 드러내지만 일반적으로 의식적 마음속에서 받아들일 수 있는 어떤 방식으로 왜곡하고 허구화하며 소외시켰다. 왜냐하면 그들은—그가(프로이드)가 언급했듯이—항상 그런 자기표출을 금지하려고 애쓰기 때문이다.

In it(writing) they(writers) revealed the desires of their unconscious minds, but usually distorted, fictionalized, distanced, in some way acceptable to the conscious mind, which always seeks—he mentioned

---

[1] 그러나 현재까지 이러한 엘리엇의 문학창작 기법에 대해서는 다양하게 연구되었으므로 본 글에서는 프로이드의 상징기제들을 중심으로 살펴보게 될 것이다.

―to inhibit such self-revelation. (Dutton 63)

단적으로 프로이드의 경우 시 창작을 포함해서 글쓰기란 작가의 무의식적 욕망의 표출이라고 할 수 있다. 즉, 작가의 깊은 내면의식 속에는 무엇인가 반듯이 표현하고자하는 욕구나 욕망이 존재하는데 흥미롭게도 작가는 그 것을 있는 그대로 나열한다기보다는 다른 모양 또는 다른 형태로 변형시킨 다는 것이다. 바로 '왜곡화'와 '허구화'라는 것이 상징 기법들 중에 하나라 고 볼 수 있는데 그래서 보편적 이성을 지닌 사람이라면 누구나 이러한 왜 곡화와 허구화에 의해 나타난 이형(異形)을 이해할 수 있다는 것이다. 프로 이드의 논리를 좀 더 쉽게 이해하려면 다음의 그림을 보면 알 수 있다.

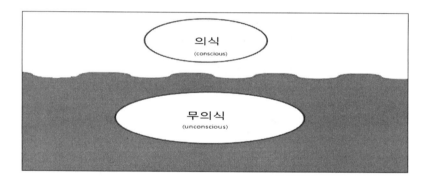

그림에서 보는 바와 같이 물결 아래, 즉 수면 아래에는 무의식이 있고 그 반대로 수면위로 떠오른 곳에 의식이 자리 잡고 있다.[2] 사실상 그림에서

2) 이 그림은 버거(Arthur Asa Berger)가 무의식을 설명하기 위해 사용한 것인데 필자가 이해를 돕

보듯 무의식이 의식보다는 넓이나 양에 있어서 그만큼 더 넓거나 많다는 것을 알 수 있다. 이는 무의식이 차지하는 비중이 그만큼 더 높다는 것을 뜻하는 동시에 흥미롭게도 무의식이 그만큼 의식화된다는 것도 쉽지 않다는 것을 증명하는 것이다. 그 이유는 프로이드의 경우에는 무의식이 의식으로 표출되어 나오는 중간쯤(물결모양에 해당)에 검열 기관이 있기 때문이다. 이를 통해서 무의식을 그대로 모두 표현한다는 것은 난해하고 쉽지 않다는 사실을 알 수 있다. 그 이유는 의식 속에는 무의식과 달리 자기 표출을 금지하려는 경향이 있기 때문이다. 그래서 여기서 잠깐 엘리엇은 이러한 무의식적 욕구를 어떻게 표현했는가를 살펴보는 것도 의의가 있을 것이다.

> 나 티레시아스, 쭈글쭈글한 젖가슴의 노인이지만
> 이 광경을 보았고, 나머지는 가히 짐작했다.
> 나도 또한 그 기다리는 손님을 기다렸다.
> 그 여드름이 덕지덕지 난 청년은 왔다.
> 몸집이 작은 가옥 소개업 집 서기 녀석, 눈알이 부리부리한,
> 마치 브래드포드 부호의 머리 위에 올라앉은
> 실크햇처럼 거만한 시정배
> 제 생각엔 지금이 다시없는 호기였다.
> 식사는 끝났겠다, 여자는 나른하니 고단한 판

기 위하여 일부 변형시킨 것이다(Berger 105 참조).

애무의 손길을 뻗쳐보니,

별 생각은 없는 모양이나 나무라지도 않는다.

충혈된 얼굴로 기운을 내어 다짜고짜로 공격하였으나,

더듬어 들어가는 손엔 아무런 반항이 없다.

놈의 허영심엔 반응의 유무가 필요 없지만,

무관심은 오히려 다행이었다.

I Tiresias, old man with wrinkled dugs

Perceived the scene, and foretold the rest-

I too awaited the expected guest.

He, the young man carbuncular, arrives,

A small house agent's clerk, with one bold stare,

One of the low on whom assurance sits

As a silk hat on a Bradford millionaire.

The time is now propitious, as he guesses,

The meal is ended, she is bored and tired,

Endeavours to engage her in caresses

Which still are unreproved, if undesired.

Flushed and decided, he assaults at once;

Exploring hands encounter no defence;

His vanity requires no response,

And makes a welcome of indifference. ("The Fire Sermon")

바로 위에 나타난 장면은 엘리엇이 단지 성적 행위를 묘사하는 것에 목적을 둔 것이 아니라 20세기 현대인-남성인 가옥 소개업 집 서기와 여성인 타자원(typist)-의 양상을 사실대로 표현하기 위해서 위와 같은 시적 소재를 사용한 것이다. 일종의 문학적으로 표현하기 어려운 심리적 양상을 엘리엇이 그대로 사용한 것이라 볼 수 있다. 이는 마치 프로이드의 '타협 형성'(compromise-formation)과 유사한 것으로서 표현하기 어려운 무의식에 있는 '상'을 엘리엇이 가옥 소개업 집 서기와 타자원과의 노골적인 성관계의 모습으로 나타내고 있는 것이다. 이와 같이 바람직한 성 행위의 의미를 파악하지 못한 현대인을 사실적으로 묘사함으로써 엘리엇은 프로이드의 '쾌락원칙'을 '승화'(sublimation)라는 단계를 경유하여 독자에게 신선함을 전해 주고 있는 것이다. 부연하면 프로이드의 논리에 의하면 단순히 성 에너지(libido)의 표출에 머문 것이 아니라 에로스(eros)로 변형시켰다고 보는 것이 옳을 것이다.

문학이 심리적 비평과 관련 있다는 것은 작가가 창조한 등장인물과 등장인물의 언어를 분석하는 것이라고 진단하듯이(Cuddon 332) 작가의 무의식 속의 '상'이나 소재가 결국 작품에 그대로 등장인물이나 등장인물의 발화에 나타난다는 것인데 이는 프로이드가 예술가의 효과를 다음과 같이 주장한 것과 일맥상통한다.

예술가는 있는 그대로 그리고 왜곡되지 않은 형식으로 의식에 의해 거부될 수 있는 무의식적 소망과 충동을 환상적으로 즐기는 것을 허락함으로써 즐거움이란 고도의 프리미엄을 청중에게 제공한다.

The artist supplies his audience with a high premium of pleasure by
allowing it to enjoy in fantasy the unconscious wishes and impulses
which in their undisguised and undistorted form would be repulsed
by consciousness. (*Interpretations* 134)

사실 의식적으로 표현하기 어려운 무의식적 소망과 충동을 단적으로 규정
하면 "마음속의 구조적 이미지"(Coyle and Garside 764)라 할 수 있는데 이
는 엘리엇이 타자원과 부동산업 서기와의 성행위의 모습을 위와 같이 표현
함으로써 그의 독자들은 새로운 기쁨 또는 쾌락을 느낄 수 있다는 것이다.
부연하면 위에 나타난 타자원과 부동산업 서기와의 성관계는 성 에너지 자
체로서의 리비도만을 묘사한 것에 그친 것이 아니라-만약 그랬다면 외설
이나 음담패설에 그칠 수도 있었지만-그것을 승화시킴으로써 독자는 또
다른 리비도의 결과에 의한 효과를 체험할 수 있다는 것이다. 프로이드는
바로 이러한 예술가의 능력을 다음과 같이 진단한다.

그는(프로이드) 청중을 넘어서는 예술가의 능력의 비밀은 모든 인
간들이 자신들의 무의식 속에 억압시켰던 금지된 주제들을 변형시
키고 그리고 난 후에 그것들을 묘사할 능력이라고 주장했다.

He(Freud) argued that the secret of the artist's power over his

audience was the ability to disguise and then portray the forbidden
themes which all men have repressed into their unconscious.
(*Interpretations* 134)

앞서 이야기한 바와 같이 무의식 속에 금지된 주제 또는 소재를 변형시킬
능력이 바로 작가의 비밀이라 할 수 있다. 쉽게 말해 '금지된 욕망의 가공
된 표현'이라 할 수 있는데 작가란 무의식 속에 남아 있던 금지된 주제를
변형시켜서 묘사할 수 있는 사람이라고 할 수 있다. 그런데 작가의 무의식
속에 있던 주제가 의식 밖으로 표출될 수 있는 하나의 방법이 분신
(shadow)이라 할 수 있는데 엘리엇은 다음과 같은 모습으로 주인공의 내
면 의식을 표출시키고 있다.

> 나는 차라리 고요한 바다 밑바닥을 어기적거리는
> 한 쌍의 엉성한 게 다리나 되었을 것을.

> I should have been a pair of ragged claws
> Scuttling across the floors of silent seas.
>
>   ("The Love Song of J. Alfred Prufrock")

위를 통해서 주인공 프로프록(Prufrock)의 의식 상태를 알 수 있는데 현실
에 좀 더 과감하게 다가가지 못하고 오히려 숨어 버리고자 하는 모습을 엘

리엇이 비유적으로 표현하고 있다. 이를 프로이드의 관점으로 해석하면 욕망에서 벗어나 잠재의식 속으로 들어가고자 하거나 의식 상태에 정면으로 마주치는 것을 거부하는 일종의 프로프록의 내면 심리상황을 대변해 주는 것이라 할 수 있다. 프로프록은 목적의식 없이 공포심으로 가득 차 있으며 자신의 정체성을 상실한 현대인을 상징(Callow and Reilly 86)하는 동시에 극도로 불안해하며 자신이 말을 걸고 싶어 하는 여성에 대한 백일몽이 그가 할 수 있는 모든 것으로 나타나고 있다(Araujo 26). 결국 프로프록의 심리 상태를 엘리엇이 이와 같이 간략하게 묘사하여 독자에게 신선함을 제공한다.

또 다른 무의식을 표현하는 유형 중에 하나는 정신적 나태함으로서 (Berger 128) 바로 이것을 엘리엇이 다음과 같이 사용한다.

그 여자가 앉은 의자는 광택이 찬란한 옥좌와 같이
대리석 위에서 빛났고, 거기에 체경이
열매 맺은 포도 덩굴을 아로새긴 기둥으로 받쳐졌는데,
그 덩굴 사이로 금빛 큐빛이 내다보고 있다.
(또 하나는 날개로 두 눈을 가리고 있고)
일곱 개 가지 친 촛대의 불길이 체경에 이중으로 비쳤고
이 빛을 받으며 비단 갑에서 쏟아져 나오는
보석의 광채는 한데 어울려
원탁 위에 넘쳐흘렀다.

The Chair she sat in, like a burnished throne,

Glowed on the marble, where the glass

Held up by standards wrought with fruited vines

From which a golden Cupidon peeped out

(Another hid his eyes behind his wing)

Doubled the flames of sevenbranched candelabra

Reflecting light upon the table as

The glitter of her jewels rose to meet it,

From satin cases poured in rich profusion. ("A Game of Chess")

마치 셰익스피어(William Shakespeare)의 『안토니와 클레오파트라』(*Antony and Cleopatra*)의 클레오파트라를 연상시키는 주인공의 외적 화려함 속에 숨겨진 내적 나태함을 그대로 표현해 주고 있다. 주인공의 의식 상태를 보여주고 있는 화려한 주변 환경과는 대조적으로 실제로는 주인공의 의식의 내면적 고독이나 불안감 등이 주변에 엄습해 있음을 알 수 있다. 바로 엘리엇의 위와 같은 주인공의 설정은 프로이드가 말하는 작가의 의도를 그대로 대변해 준다.

그것은 작가가 자신의 백일몽과 환상을 그가 다른 사람들에게 흥미를 주기를 바라는—가장 넓은 의미에서는 즐거움을 줄 수 있는—형식으로 변형시킨다는 것을 말하는 것이다. 일반적으로 백일몽은 자기 자신을 위한 것이다. 일반적으로 글쓰기는 청중을 위한 것이다.

That is to say a writer fashions his daydreams, his fantasy, into a form
which he hopes will be interesting—in the broadest sense, enjoyable
—to other people. Daydreaming, in general, is for oneself. Writing, in
general, is for an audience. (Berger 재인용 105)

즉, 작가의 내면의식의 표출을 암시하는 것으로서 작가는 깊숙한 내면의식
속에 나타난 백일몽이나 환상의 모습들을 독자에게 전달할 수 있도록 변형
시키는데 바로 이와 같은 기제가 앞서 이야기한 바와 같이 상징, 이미지,
직유 등 다양한 매체가 될 수 있다. 만약 백일몽이 일반적으로 작가 자신
의 내면의식 상황을 나타내기 위한 이미지들의 저장소라면 글쓰기는 그 내
면의식 속에 있는 이미지들을 외부로 표출하여 독자의 반응을 보기 위한
행위가 될 수 있을 것이다. 이러한 기준에 의해 작가를 평가할 수 있으므
로 작가와 일반인들은 분명 차이가 있음을 알 수 있다. 프로이드 또한 작
가와 일반인들의 차이점을 다음과 같이 설명한다.

그러나 그는(예술가) 우리 나머지와 공유할 수 있는 그의 무의식적
갈등을 가치 있고 계몽적으로 지속가능한 자원으로 변환시킬 수 있
는 독특한 능력을 소유한다는 점에 있어서 나머지 인간과는 다르
다.

But he(artist) differs from the rest of humanity in that he possesses
the unique ability to transmute his unconscious conflicts, shared with

the rest of us, into an enduring source of value and enlightenment.
(*Interpretations* 148)

단적으로 일반인들도 무의식적 갈등을 소유하고 있음에는 틀림없으나 작가는 이 갈등을 귀중한 자료로 변환시킬 독특한 능력을 소유했다는 점에 있어서 일반인과 다르다는 것을 알 수 있다.[3] 일종의 작가 특유의 능력을 의미하는 것으로서 프로이드는 여기서 더 나아가 작가를 좀 더 심층적으로 분석하기에 이른다.

> 프로이드는 작가란 그가 본능적 만족을 얻어낼 수 있는 환상적 삶을 승화된 형식으로 창조함으로써 실제 삶에서는 만족될 수 없는 성충동을 만족시킨 사람이라는 사실을 이론화시켰다.

> Freud theorized that the writer was a man who satisfied erotic drives which could not be satisfied in real life by creating a fantasy life where he could obtain instinctual satisfaction in a sublimated form.
> (Hall 156)

---

3) 참고로 엘리엇은 시인의 정신과 일반인의 그것을 다음과 같이 구별하고 있다. When a poet's mind is perfectly equipped for its work, it is constantly amalgamating disparate experience; the ordinary man's experience is chaotic, irregular, fragmentary. The latter falls in love, or reads Spinoza, and these two experiences have nothing to do with each other, or with the noise of the typewriter or the smell of cooking; in the mind of the poet these experiences are always forming new wholes (*SE* 247). 프로이드와 마찬가지로 엘리엇 역시 시인이란 일반적인 현상을 특별하게 변형시킬 수 있는 능력을 소유한 사람이라고 주장한다.

풀어보면 일반인과 마찬가지로 작가 역시 무의식적 본능이 있는데 그 본능 중에 하나가 바로 성충동으로서 그것을 있는 그대로 표현하기에는 곤란하기 때문에－프로이드의 검열기관이 있는 것처럼－승화된 형식으로 표현한다는 것이다. 일종의 카타르시스(Catharsis)처럼 작가의 무의식적 욕망 표현이 독자를 흥겹게 하여 즐거움을 배가시킨다고 볼 수 있다. 이는 엘리엇이 20세기 현대인의 삶을 매우 사실적으로 묘사함으로써 엘리엇 시의 독자들은 그 사실감 또는 현장감 있는 묘사에 의해서 가일층 흥미를 느낀다고 볼 수 있다. 이 논리가 바로 프로이드가 이야기하는 작가의 창작 효과라고 볼 수 있는데 엘리엇의 경우 그 현장감 있는 묘사를 다음에서 볼 수 있다.

> 비실재적인 도시,
> 겨울날 새벽 갈색 안개 속으로
> 군중이 런던교 위로 흘러간다, 저렇게 많이,
> 나는 죽음이 저렇게 많은 사람을 죽게 했다고는 생각지 못했다.
> 때때로 짤막한 한숨이 터져 나오고,
> 각자 자기 발 앞에 시선을 집중하고 간다.

> Unreal City,
> Under the brown fog of a winter dawn,
> A crowd flowed over London Bridge, so many,
> I had not thought death had undone so many.
> Sighs, short and infrequent, were exhaled,

And each man fixed his eyes before his feet.

("The Burial of the Dead")

평범한 런던의 월급쟁이들의 모습을 엘리엇이 매우 사실적으로 묘사하고 있다. 마치 미술의 현장 스케치처럼 사실적이어서 시라기보다는 한 편의 그림을 감상하는 것처럼 보이지만 사실 엘리엇이 여기서 의도하는 것은 획일화된 인간의 모습 또는 특별한 목적의식 없이 무의미한 삶을 이어가는 일반인들의 무료함을 나타내고자 한 것이다. 이를 통해서 마치 프로이드에게 문학작품이란 어떤 특별한 작가의 증상이듯(Jefferson and Robey 114) 엘리엇은 사실 그 자신의 깊은 무의식 속에는 평범한 사람의 지루한 일상적 삶의 모습에 환멸을 느끼고 있었음에 틀림없음을 알 수 있다. 이와 같이 작가의 무의식 속에 품고 있었던 이미지나 상이 작가의 의식으로 올라와서 변형된 모습으로 나타나는 데 그 변형된 모습을 보고 독자들은 기뻐한다는 것이다. 한 마디로 텍스트(text)와 독자와의 관계를 외면할 수 없다고 볼 수 있는데 이 둘 사이의 관계를 프로이드는 다음과 같이 설명한다.

무의식은 이 토론의 목적으로 중요하다. 왜냐하면 텍스트에서 중요한 요소들의 대부분은 우리가 이와 같은 텍스트를 읽거나 보거나 들을 때 이 텍스트의 창작자들과 우리들 자신 속의 무의식적 작용과 연결되기 때문이다.

The unconscious is important, for purposes of this discussion, because many of the important elements in texts are connected to unconscious processes in the creators of these texts and in ourselves, when we read or see or listen to these texts. (Berger 104)

위에서 '이 토론'이란 프로이드의 의식과 무의식 그리고 전의식 (preconsciousness)을 토론하는 과정에서 특히 무의식의 중요성을 역설하고 있는 부분을 말한다. 한 마디로 독자와 텍스트 사이의 관계에 대한 설명으로 이해할 수 있는데 독서과정에서 작가와 우리 자신 사이에는 감춰진 내적 상호작용이 일어난다는 것이다. 텍스트에 나타난 이미지나 상징 등은 실상 작가의 무의식의 발로에 의해 나타난 것으로서 무의식이 의식화되어 나타날 수 있는 소재는 일상적인 사건은 물론 역사나 신화 등이 될 수 있다. 이들을 작가는 자신의 무의식적 발현을 위하여 변형시켜 표현한다는 것이다. 그래서 작가가 나타낸 심상들에 의해서 독자들은 다음과 같은 효과를 얻을 수 있다는 것이다.

그렇다면 어떤 의미에서 독자는 시적 상징의 도움으로 그 자신의 가장 중요한 경험을 완화시킨다.

In a sense, then, the reader relieves his own most important experience by the aid of poetic symbols. (Hall 157)

바로 작가가 나타낸 상징에 의해서 독자는 영향을 받을 수밖에 없으며 이로 인해 작품의 효과를 발휘할 수 있는 것이다. 엘리엇 역시 독자와 자기 자신과의 내적 상호작용을 위한 방법 중에 하나로 '극적 독백'이라는 문학 창작 기법을 사용한다.

> 그러면 우리 갑시다, 그대와 나,
> 지금 저녁은 마치 수술대 위에 에테르로 마취된 환자처럼
> 하늘을 배경으로 펼쳐져 있습니다.
> 우리 갑시다, 거의 인적이 끊어진 거리와 거리를 통하여
> 값싼 일박 여관에서 편안치 못한 밤이면 밤마다
> 중얼거리는 말소리 새어 나오는 골목으로 해서
> 굴 껍질과 톱밥이 흩어진 음식점들 사이로 빠져서 우리 갑시다.

> Let us go then, you and I,
> When the evening is spread out against the sky
> Like a patient etherised upon a table;
> Let us go, through certain half-deserted streets,
> The muttering retreats
> Of restless nights in one-night cheap hotels
> And sawdust restaurants with oyster-shells.
>
> ("The Love Song of J. Alfred Prufrock")

사실 위의 장면에서 주인공인 '나'(I)와 '너'(you)는 동일한 인물이다. 일종의 심리 비평에서 사용하는 분신 이미지(shadow image)이며 '저녁이 마치

수술대 위에 에테르로 마취된 환자'는 엘리엇이 작품 창작기법으로 사용한 객관적 상관물이다. 쉽게 말해 의식적 자아와 무의식적 자아의 동시 출현과 극적 독백을 사용함으로써 작품의 시적 효과가 두 배로 증가되고 있다.

그리고 프로이드의 자유 연상 또한 엘리엇의 시 속에 그대로 나타나기도 한다. 즉, 화자의 무의식적 내용들이 의식 위로 떠올라왔다는 것이다.

> 4월은 가장 잔인한 달,
> 죽은 땅에서 라일락을 키워내고,
> 기억과 욕망을 뒤섞으며,
> 봄비로 잠든 뿌리를 뒤흔든다.
> 차라리 겨울은 우리를 따뜻하게 했었다.
> 망각의 눈으로 대지를 싸 감고,
> 마른 구근으로 가냘픈 생명을 키웠으니.

> April is the cruellest month, breeding
> Lilacs out of the dead land, mixing
> Memory and desire, stirring
> Dull roots with spring rain.
> Winter kept us warm, covering
> Earth in forgetful snow, feeding
> A little life with dried tubers. ("The Burial of the Dead")

화자의 의식 속 시제는 현재이지만 그 의식 속에 떠오르는 이미지 또는 소재들은 과거의 여러 단편들이라고 할 수 있다. 바로 그 단편들이 "죽은 땅에서 라일락 키우기", "추억과 욕망 뒤섞기", "망각의 눈으로 대지를 덮기", "마른 구근으로 어린 생명 키우기" 등으로 이러한 이미지들이 의식으로 올라왔다고 볼 수 있다.

또한 프로이드의 심리학에서 볼 수 있는 기제 중에 하나가 나르시시즘(Narcissism)으로서 이 상태에 몰입된 사람들은 표면적으로는 매우 확신에 찬 모습이지만 그 이면에는 극도로 불안한 양상을 보인다는 특징이 있다(Berger 116-117). 이는 엘리엇의 걸작 『황무지』에 등장한 여주인공의 대사에서 볼 수 있다.

'나 오늘 밤 신경이 좀 이상해요, 네, 정말 그래요. 함께 있어줘요.
좀 말 좀 해줘요. 왜 말 안하세요. 말 좀 하세요.'
　뭘 생각하고 계세요? 무슨 생각을? 무엇을?
당신이 뭘 생각하고 있는지 도무지 모르겠어요. 생각해 봐요.

'My nerves are bad to-night. Yes, bad. Stay with me.
Speak to me. Why do you never speak? Speak.'
　What are you thinking of? What thinking? What?
I never know what you are thinking. Think. ("A Game of Chess")

위에서 여성은 심각한 불안 장애를 겪고 있으며 홀로서기에 실패한, 즉 의존 대상이 없으면 심리적으로 불안해하는 양상을 보인다. 물론 현대인들의 일상적인 모습 중 하나로서 엘리엇의 무의식 속에는 분명 이와 같은 불안 증세를 표현하고자 하는 내적 욕구가 있었다고 볼 수 있는데 이를 작품에서 그대로 보여주고 있다고 할 수 있다. 블룸(Harold Bloom)은 이 부분을 "신경증적 스타카토"(nervous staccato. 66)라고 명명한 바 있다. 즉, 여성의 심리적 불안으로 인해 여성과 시인 사이의 대화가 끊겼다가 간헐적으로 이어지기를 반복하는 행위를 말한다.

　　또한 역사를 변덕스런 여성행위로 간주하는(Moody 219) 엘리엇 특유의 기법을 볼 수 있다.

　　　그런 것을 알고 난후에 무슨 용서가 있겠는가? 그래 생각해보라.
　　　역사는 많은 교활한 통로와 술책의 회랑과
　　　출구를 가졌고, 귓속말로 야망을 속삭여 우리를 기만하고,
　　　가지가지 허영으로서 우리를 이끄는 것을. 그래 생각해보라.
　　　역사는 우리의 주의가 산만할 때 주고
　　　주는 것이란 방향 없는 가냘픈 혼란을 일으켜 줌으로써
　　　오히려 갈망에 굶주리게 할 뿐이다. 너무 늦게 준다.
　　　믿음성 없는 것을, 혹 믿어진다 해도,
　　　겨우 기억에서 뿐이고, 재고된 정열 같은 것. 너무 일찍 준다.
　　　약한 손에, 없어도 좋으리라 생각되는 것을,
　　　그래서 결국 거절이 공포를 확대한다.

　　　After such knowledge, what forgiveness? Think now

History has many cunning passages, contrived corridors

And issues, deceives with whispering ambitions,

Guides us by vanities. Think now

She gives when our attention is distracted

And what she gives, gives with such supple confusions

That the giving famishes the craving. Gives too late

What's not believed in, or if still believed,

In memory only, reconsidered passion. Gives too soon

Into weak hands, what's thought can be dispensed with

Till the refusal propagates a fear. ("Gerontion")

시적 화자와 병적으로 흥분된 여성의 모습이 매우 훌륭하게 표현되어 있다. 그런데 이를 표현하는 시적 소재로서 엘리엇은 '역사'를 사용하고 있는데 역사는 연속된다는 점―마치 위에서 끊임없이 주고받는 행위의 반복처럼―을 여성과 시적 화자의 성적 히스테릭으로 표현하고 있는 것이 우리에게 놀라움을 준다. 여기에 대해서 무디(David Moody)는 엘리엇이 남성과 여성의 히스테리 사이에서 깊고 고통스러운 명상에 의해서 자신의 통찰력을 발산해 낸다(219)고 평가한 바 있다.

또 다른 프로이드의 무의식 속에 나타난 기제 중에 하나는 '애니마'로서 이는 모든 남성에게서 발견될 수 있는 여성적 요소로서(Berger 129) 엘리엇은 「게론티온」("Gerontion")에서 주인공 게론티온의 모습을 다음과 같이 그려내고 있다.

자 나는 여기에 있다. 메마른 달의 한 노인,
아이에게 책 읽혀 들으며 비를 기다리는.
나는 한 번도 열전 벌어진 성문에 서 본 일도 없고,
온화한 비 속에서 싸운 적도,
바닷물 늪에서 무릎 적시며 단검을 휘두르고,
파리 떼에 뜯기면서 싸운 적도 없다.

Here I am, an old man in a dry month,
Being read to by a boy, waiting for rain.
I was neither at the hot gates
Nor fought in the warm rain
Nor knee deep in the salt marsh, heaving a cutlass,
Bitten by flies, fought. ("Gerontion")

분명 주인공은 60세가 넘은 노인이며 이 노인은 현대인의 전형이라는 사실
에는 큰 이견이 없다. 그러나 '노인'(old man)으로 분명 남성임에는 틀림없
지만 적극적으로 또는 능동적으로 자신의 삶을 이끌어 간 적이 없는 수동
적인 인물이다. 소극적이며 마치 한 곳에 갇혀 조용한 삶을 보내고 있는
여성적 이미지의 모습을 그대로 보여주고 있다. 이와 같은 표현을 통해 엘
리엇의 작품에는 프로이드의 다양한 무의식적 상징 기제들이 사용되고 있
음을 알 수 있다.

나오는 말

지금까지 프로이드의 문학관과 엘리엇의 그것을 비교적 자세히 살펴보았다. 프로이드는 무엇보다도 심리적 비평의 토대를 세운 인물이다. 특히 그는 작가를 무의식적 욕구와 욕망을 의식 밖으로 끌어 올려서 표현하는 사람이라고 정의한다. 무의식적 소망이나 충동은 작가는 물론 모든 인간이 가지고 있는 공통점이라 할 수 있는데 작가는 그 표현 방법에 있어 탁월하다는 것이 프로이드의 중심 생각이다. 바로 무의식적 내용을 겉으로 표현 가능한 방법이 시인에게는 이미지나 상징, 직유, 은유, 환유 등이라 할 수 있는데 엘리엇 역시 이들을 사용한다.

그러나 본 연구에서는 프로이드의 상징 기제들을 중심으로 살펴보았는데 엘리엇 역시 그 기제들을 사용한다는 사실을 알 수 있었다. 그 대표적인 예로 프로이드의 리비도를 리비도 그 자체에 머물지 않고 예술적으로 승화시키는가 하면 주인공 자신의 심리상황을 나타내기 위하여 분신 이미지를 사용한다. 그리고 그 외에도 프로이드의 불안적 정서장애, 자유연상 기법, 나르시시즘, 애니마 등을 엘리엇이 사용하고 있다.

참고문헌

이정호. 「판타지로서의 시: 『황무지』의 정신분석학적 읽기」. 『인문논총』(서울대학
　　교출판부) 48 (2003): 85-108.

조병화. 「『네 사중주』: 실패한 애니마」. 『T. S. 엘리엇연구』(한국 T. S. 엘리엇학회)
　　19.2 (2009): 209-234.

Araujo, Mara M. "The Chambers of the Sea and a Knock Upon the Door:
　　Questioning Meaning in T. S. Eliot's The Love Song of J. Alfred Prufrock
　　and *The Waste Land*." *Undergraduate Review* 11(2015): 26-30.

Berger, Arthur Asa. *Cultural Criticism: A Primer of Key Concepts*. London: Sage
　　Publications, 1995.

Bloom, Harold. *T. S. Eliot's The Waste Land*. New Delhi: Viva Books, 2008.

Callow, James T. and Robert J. Reilly. *Guide to American Literature: From Emily
　　Dickinson to the Present*. New York: Barnes and Noble Books, 1977.

Coyle, Martin and Peter Garside. eds. *Encyclopedia of Literature and Criticism*.
　　London: Routledge, 1991.

Cuddon, J. A. ed. *A Dictionary of Literary Terms and Literary Theory*. Massachusetts:
　　Blackwell Publishers Ltd., 1998.

Dutton, Richard. *An Introduction to Literary Criticism*. London: Longman Group
　　Limited., 1984.

Eliot, T. S. *Selected Essays: 1917-1932*. New York: Harcourt, Brace and Company,
　　1932.

Gardner, Howard. "The Creators' Patterns". *Dimensions of Creativity* (1994): 143-158.

Hall, Vernon. *A Short History of Literary Criticism*. New York: New York UP., 1963.

Hutton, James. Trans. *Aristotle's Poetics*. New York: W. W. Norton and Company,
　　1982.

Jefferson, Ann and David Robey. eds. *Modern Literary Theory*. New Jersey: Barnes

& Noble Books, 1982.

Lodge, David. *20th Century Literary Criticism*. London: Longman Press Ltd., 1972.

Moody, David. ed. *The Cambridge Companion to T. S. Eliot*. London: Cambridge UP, 1994.

Nag, Sourav Kumar. Eliot's Circus Animals: Modernity and the Zoic Primitivism in Eliot's Poetry. *Bhatter College Journal of Multidisciplinary Studies* 3 (2013): 126-132.

■ 이 글은 한국현대영어영문학회의 학술지 『현대영어영문학』(제59권 4호, 2015년 11월) pp.325-343 에 게재된 것을 일부 수정 및 보완하였음을 밝힌다.

2부
엘리엇의
『네 사중주』 읽기

엘리엇의 『네 사중주』 다시 읽기
인간과 신의 실사 탐구하기

들어가며

엘리엇(T. S. Eliot)은 20세기 영미시 세계에 새로운 반향을 일으킨 시인으로서 그 중심에는 『황무지』(*The Waste Land*)가 있지만 『네 사중주』(*Four Quartets*)가 그의 최대 걸작이라는 평가 또한 간과할 수 없다. 엘리엇 역시 『네 사중주』를 더 선호했으며(Plimpton 64, Young 151) 특히 이 작품은 엘리엇의 기독교 사상을 가장 극명하게 보여준다는 특징이 있다. 그 결과 이 작품이 출판된 후부터 현재까지 기독교 사상에 대한 다양한 종류의 연구가 출현했으며 2000년 이후의 선행연구들만을 요약하면 다음과 같다. 먼저 해외의 경우 하마드(I. M. Hammad)가 2016년에 「지옥에서 정화로의 여정: 엘리엇의 종교 여행」("The Journey from the Inferno to the Purgatory: Eliot's Religious Odyssey")으로 연구했는데 글제가 암시하듯이 지옥과 같은 현대인의 생활은 신앙에 의해 정화될 수 있다는 전제하에 엘리엇이 규정하는 구원의 특징을 설명한다. 그리고 앳킨즈(Douglas G, Atkins)가 2014년에 『T. S. 엘리엇: 기독교 시인』(T. S. Eliot: The Poet as Christian)이란 연구서를 출간했는데 본 연구서는 엘리엇의 개종 이전과 이후의 시학을 중심에 놓고 앤드류즈(Lancelot Andrewes)와 하나님의 말씀을 대조시키고 있다. 그리고 스퍼(Barry Spurr)는 2010년에 『종교에서의 앵글로 -가톨릭: T. S. 엘리엇과 기독교』(Anglo-Catholic in Religion: T. S. Eliot and Christianity)라는 저서를 통하여 엘리엇의 기독교 성향을 개괄하고 있다. 그리고 국내에서도 2015년에 이주연이 「인본주의에 대한 T. S. 엘리엇의 관점: 앵글로 가톨릭 신앙을 중심으로」라는 연구를 통하여 엘리엇의 앵글로 가톨릭 신앙을 고찰했으며 김경철은 2012년에 「『네 사중주』와 성경 시학」에서 엘리엇의 시를 성경시학으로 간주하고 주로 역사 문제를 고찰한 바 있다.

본 연구는 『네 사중주』에 내재된 기독교 사상을 좀 더 세밀하고 구체적으로 고찰하기 위하여 성경에 나타난 인간과 하나님 사이의 관계를 실사해보는 것이 목적이다. 그래서 그 목적을 수행하기 위해 본 연구는 『네 사중주』 전체를 요약하고 있는 두 종류의 제사(epigraph)만이 지닌 핵심 내용을 조명하며, 성경에 나타난 하나님과 인간 사이의 관계를 『네 사중주』에 적용하여 탐구한다.

중심을 외면한 인간 그리고 그 해답 찾기

주지하듯이 『네 사중주』는 각 중주(quartet)의 제목은 분명 다르지만 작품 전체의 주제는 단 두 종류로 압축되었다고 볼 수 있다.

말씀(로고스)이 모두에게 공통임에도 불구하고 대부분의 사람들은 마치 그들 각자가 자신만의 지혜를 가진 것처럼 생활한다.

올라가는 길과 내려가는 길은 하나이고 동일하다.

Although the Word (Logos) is common to all, most people live as if each of them had a private intelligence of his own

The Way up and the Way down are one and the Same. (Quinn 14)

사실 『네 사중주』 전체의 주제가 위와 같이 압축되었는데 그 내용은 인간의 생활상과 우주만물의 이동원리라 할 수 있다. 먼저 "엘리엇은 문학을 삶과 분리시키는 것을 원하지 않았다"(Kojecky 14)는 주장에서 알 수 있듯 그는 현대인의 생활모습에 관심을 보이며 물리적 상승과 하강 법칙은 그것이 설령 복잡 다양한 양상을 보이더라도 동일하다는 입장을 취하고 있다. 바로 이 두 종류의 제사가 제1악장인 「번트 노턴」("Burnt Norton")에서 제4악장인 「리틀 기딩」("Little Gidding")에 이르기까지 『네 사중주』 전체의 내용을 요약하고 있는 셈이다. 물론 엘리엇이 고대 그리스의 철학자 중의 한 사람인 헤라클레이토스(Heraclitus, BC 535-475)의 주장을 사용함으로서 그 오랜 역사성을 의도한 측면도 있지만 그 이면에는 고대인들이나 현대인들 모두가 유사하게 중심을 외면한 채 각자 자기방식대로 살아간다는 사실을 포함하고 있다. 환언하면 인간과 우주만물 전체를 지배하고 통제하는 중심이 분명 존재함에도 불구하고 인간은 이 사실을 망각한 채 자신만의 지혜가 최고라는 판단 하에 행동한다는 것이다. 결국 유형이든 무형이든 인간과 우주만물의 중심이 분명 존재한다는 사실을 수용하는 것이 최우선임에도 불구하고 이를 외면한 채 살아가는 현대인의 모습을 엘리엇이 두 개의 제사 형식을 사용하여 보여주고 있는 것이다.

한편 우리는 이와 같은 두 종류의 제사는 동일하게 인간이나 우주만물의 중심이 '말씀'(Word)으로 압축될 수 있다는 점을 알 수 있다. 첫째 제사는 '말씀'이란 표현을 명시하여 그것의 중요성을 표면적으로 인식할 수 있지만 두 번째 제사 역시 '말씀'을 중심에 놓으면 그 제사에 나타난 역설적 주장을 이해할 수 있다. 이 주장을 쉽게 이해할 수 있는 매개체가 바로 성경이다. 즉, 성경 전체의 시작부분인 「창세기」("Genesis") 제1장 제1절은 "태초에 하나님이 천지를 창조하시니라"(In the beginning God created the heavens and the earth)[1]로 시작하여 그 천지창조의 과정을 "하나님이 이르시되"(God said)란 표현을 9회 반복 사용하여 우주만물이 '말씀에 의지하여 창조되는 모습'이 전개된 후 이어서 「창세기」 제2장 1절은 "그리하여 천지와 만물이 다 이루어지니라"(Thus the heavens and the earth, and all the host of them, were finished)로 시작되어 천지창조가 종결되었음을 알 수 있다. 구약성경의 도입부가 이와 같듯이 신약성경 역시 "태초에 말씀이 계시니라 이 말씀이 하나님과 함께 계셨으니 이 말씀은 곧 하나님이시니라"(In the beginning was the Word, and the Word was with God, and the Word was God)("John" 1:1)는 주장이 등장한다. 이와 같은 주장을 통해서 우리는 천지 창조 이전에 이미 말씀이 존재했음을 유추할 수 있다. 그리고 하나님이 천지 창조 후에 아담(Adam)과 이브(Eve)를 창조하여 이들에게 지상에서 생육하고 번성하며 땅을 정복하고 바다의 물고기와 하늘의 새와 땅에 움직이는 모든 생물을 다스리라고 하였다(「창세기」 1:28). 이와 같은 성경의 내용들을 통해서 '말씀'이 곧 중심이라는 사실을 알 수 있으며 엘리엇 역시 이를 수용하듯 「종교와 문학」("Religion and Literature")이라는 글에서 "현대문학 전체는 인간의 천부적 삶을 지배하는 영적 우수성에 대한 이해는 물론 인식도 못하는 세속주의 때문에 부패되었다"(105)고 말한 바

---

1) 본 연구서에서 사용하는 우리말과 영역본은 대한성서공회에서 완역한 『한 · 영 성경 전서』(개역한글판, 1992)를 사용하되 일부 수정했음을 밝힌다.

있다. 이를 통해서 엘리엇이 현대인의 영적 우수성에 대한 자각을 요구함을 알 수 있다.

또한 하나님의 말씀은 첫 번째 제사에서 보여주듯 '공통'(common)이라 할 수 있는데, 이는 인종이나 국적 및 신분의 고하를 초월했음을 의미한다. 이는 "『네 사중주』 종결부인 「리틀 기딩」 창작의 배경이 되는 장소로서의 리틀 기딩(Little Gidding)에서 행해졌던 참된 신앙생활의 모습을 보고 엘리엇은 마치 고향을 발견한 것처럼 느낀 바 있다"(Ward 266)는 사실에 의해서 엘리엇의 참된 신앙관을 가늠할 수 있으며 그 내용이 『네 사중주』에 반영되었다고 볼 수 있다.

결국 인간 각자가 자신만의 지혜에 의존해서 산출해낸 결과가 최상이며 현명하다고 판단하는 것은 자가당착이라는 결과를 초래할 수 있다는 것이 제사의 내적 의미라고 할 수 있다. 명백한 사실은 하나님이 말씀에 의지하여 천지만물을 창조했다는 사실의 수용을 엘리엇이 강조한다고 볼 수 있는데 이 중심이 성경에서는 '예수'(Jesus)로 나타난다.

예수께서 가라사대 "내가 곧 길이요 진리요 생명이니 나로 말미암지 않고는 아버지께로 올 자가 없느니라." (「요한복음」 14:6)

Jesus said to him, "I am the way, the truth, and the life. No one comes to the Father except through Me." (John 14: 6)

특히 "엘리엇의 성육화(incarnation)는 궁극적 실재를 의미하면서"(Grotjohn 206) "지속적 가변성과 항구성 사이의 조화를 최상으로 여기는 것"(Hargrove 131)이라 할 수 있다. 이와 같은 진단들을 통해서 우리는 예수를 통하지 않고서는 어느 누구도 그를 탄생시킨 하나님과의 완벽한 조화가 성사될 수 없음을 알 수 있다. 또한 우리는 첫째 제사에 나타난 '인간 각자가 자신만의 지혜를 가진 것처럼 생활한다는 것'이 얼마나 어리석은 행위인가를 알 수 있다.

그리고 두 번째에 나타난 역설적 제사는 "개인이 로고스(logos)와 조화되면 서로 대립되는 (모든) 것은 단지 동일한 것의 또 다른 측면에 불과한 것으로서 인간들 속에 존재하는 여러 가지 모순들은 절대자 속에서 해결될 수 있음"(Williamson 209)을 의미한다. 다시 말해 변화무쌍한 인간사는 중심인 절대자에 의해 모두 해결될 수 있다는 것으로서 실제로 엘리엇은 인간 생활의 변화무쌍한 모습을 "사람도 변하고 미소도 변하지만 고뇌는 지속된다"(DS II)고 정의하거나 "집들이 서고 쓰러지고 허물어지고 넓혀지고 파괴되고, 그리고 그 자리에 들이나 공장이나 도로가 생긴다"(EC I) 등으로 묘사하여 설득력을 얻고 있다. 이는 곧 인간 생활의 유한성 및 지속적 가변성을 의미하는 것으로서 우리가 우주 만물을 다스리고 통제하는 하나님과 완벽하게 조화되기 위해서는 철저한 자기부정(self-denial)이 필요하다. 그 '자기부정'을 엘리엇 역시 외면하지 않는다.

거기에 도달하려면,

그대가 있는 곳에 도달하려면, 그대가 있지 않은 그 곳에서 빠져 나

　가기 위해서는

그대는 환희가 없는 길을 가야 한다.

그대가 모르는 것에 이르자면

그대는 무지의 길로 가야 한다.

　　In order to arrive there,

To arrive where you are, to get from where you are not,

You must go by a way wherein there is no ecstasy.

In order to arrive at what you do not know

　You must go by a way which is the way of ignorance. (EC III)

'환상을 피한다는 것' 또한 철저한 자기부정이 그 이면에 포함되어 있으며 '무지의 길'을 걸어간다는 것 역시 자기 자아를 부정하라는 것이다. 이것이 곧 현실을 가장 완벽하게 판단할 수 있는 조건이 되는 것이다.

'중심'의 수용과 그 의의

　우선 신인합일(神人合一) 과정에서의 필요조건 중에 하나는 '겸손'으로서 성경 또한 이를 강조한다.

이와 같이 너희도 명령받은 것을 다 행한 후에 이르기를 '우리는 무익한 종이라 우리가 하여야 할 일을 한 것뿐이라 할지라.' (「누가복음」 17:10)

So likewise you, when you have done all things which you are commanded, say, 'We are unprofitable servants. We have done what was our duty to do.' (Luke 17:10)

바로 이 부분은 예수가 제자들에게 자신들의 임무를 설명하고 이어서 이를 수행한 후에는 결코 자신들이 행했음을 드러내거나 자랑하지 말 것을 권면하는 장면이다. 이 장면의 핵심은 겸손으로서 엘리엇 역시 "우리가 얻기를 바라는 유일한 지혜는 겸손의 지혜"(The only wisdom we can hope to acquire / Is the wisdom of humility)(EC III)라는 주장과 일맥상통한다. 우주 만물의 중심인 하나님과 일치된 삶을 영위하기 위한 조건이 겸손으로서 엘리엇 역시 기독교 덕목 중에서 가장 위대하고 어려운 것을 겸손의 미덕으로 간주한 바 있다(FLA 78 참조).

또한 하나님의 뜻을 구하는 방법 중에 하나가 기도인데 엘리엇은 기도를 다음과 같이 정의한다.

그대는 기도하러 온 것이다.
기도가 강건했던 이곳에서. 기도는
말의 순서 이상의, 기도하는 정신의

의식적 행위 또는, 기도 소리를 능가한 것이다.

> You are here to kneel
> Where prayer has been valid. And prayer is more
> Than an order of words, the conscious occupation
> Of the praying mind, or the sound of the voice praying. (LG I)

"『네 사중주』는 시간을 초월한 절대적 가치에 대한 의미 찾기를 시도하는 것으로서"(Scofield 197) 엘리엇은 그 '절대적 가치'를 찾는 방법이 '기도'임을 위와 같이 묘사한다. 기도란 우리의 지혜에 의존해서 출현된 논리적 표현이나 의식적 행위를 능가한 것으로서 이를 기독교 시각으로 풀어보면 '현재의 영원성' 또는 '영원한 현재'라고 할 수 있다. 즉, 하나님과 내가 합일된 바로 그 순간(현재)이 하나님의 시간인 영원으로 변화되는 것이다. 그래서 엘리엇은 우리가 살아가면서 기준을 삼는 '시간' 역시 하나님께 의탁해야함을 강조하기 위하여 『네 사중주』 전체를 시간에 대한 정의로 출발한다.

> 현재의 시간과 과거의 시간은
> 아마 미래의 시간에 포함될 것이고
> 미래의 시간은 과거의 시간에 포함될 것이다.

> Time present and time past

Are both perhaps present in time future

And time future contained in time past. (BN I).

결국 엘리엇의 경우 "시간이란 경과하지만 그것이 말씀과 조화되면 영원 (시간 초월)을 의미하는 것이다"(Smith 256). 즉 우리 인간은 시간을 과거, 현재, 미래와 같이 물리적 기준에 의하여 세 종류로 구분하지만 "엘리엇은 과거, 현재, 미래에 영원을 추가하여 네 종류로 시간을 분류한다"(Levina 201). 그래서 인간이 영원에 도달하기 위한 조건은 하나님의 시계에 우리 의 시간을 맞추는 것임을 엘리엇이 강조한다고 볼 수 있다. 한 마디로 엘 리엇은 하나님을 시간의 초월자로 간주하는 데 이 논리 역시 성경에 그대 로 나타난다.

주 하나님이 가라사대 "나는 알파와 오메가라 이제도 있고 전에도 있었고 장차 올 자요 전능한 자라" 하시더라. (「요한계시록」 1:8)

"I am the Alpha and the Omega, the Beginning and the End," says the Lord, "who is and who was and who is to come the Almighty." (Revelation 1:8)

이와 같이 시간의 초월자이자 만물의 중심인 말씀을 외면한 현대인들에 대 한 해결책으로서 엘리엇은 '말씀 청취'를 요구하고 있다.

. . . . . . 관목 숲 속에 잠긴

들리지 않는 음악에 호응하여

그리고 빛이 보이지 않는 시선이 오고갔다. 왜냐하면 장미는

우리가 보는 꽃들의 모습이었으니까.

. . . . . . in response to

The unheard music hidden in the shrubbery,

And the unseen eyebeam crossed, for the roses

Had the look of flowers that are looked at. (BN I)

여기서 "들리지 않는 음악이 절대자의 음성(Absolute Sound)을 상징하듯"
(Donoghue 215) 엘리엇이 우리에게 요구하는 것은 하나님의 음성 청취가
절대적임을 쉽게 인식할 수 있다. 관목이 우거진 숲 속에서 하나님이 들려
주는 그 세미한 음성을 듣고 순종하는 것이 인간의 의무이다. 만약 이를
이행하면 우리는 중심을 찾고 '변화'에서 해방될 수 있을 것이다. 특히 「번
트 노턴」은 매 순간마다 우리에게 무시간(영원성)을 인식할 수 있는 기회
를 제공한다는 평가"(Sencourt 187)를 통해서 우리는 하나님과 조화될 수
있는 가능성이 존재함을 알 수 있다. 그러나 기억해야 할 점은 세미한 음
성을 듣기 위해서는 결코 '나' 자신의 목소리를 먼저 내려놓고 노력해야 한
다는 것이다. 그래서 엘리엇은 이 상황을 '숨겨졌거나' 또는 '보이지 않는'
등의 표현을 사용하여 노력의 필요성을 강조하는가 하면 윌슨(Farnk

Wilson)은 "『네 사중주』의 주제 중에 하나가 노력하기"(75)라고 진단한 바 있으며 엘리엇 역시 '하나님과의 합일'을 위해서 끊임없이 노력할 것을 주문한다.

노인은 탐험가여야 한다.
여기저기가 문제가 아니다.
우리는 끊임없이 움직여
더욱 높은 결합과 더욱 깊은 영적친교를 위하여
또 다른 강렬함 속으로 들어가야 한다.

Old men ought to be explorers
Here and there does not matter
We must be still and still moving
Into another intensity
For a further union, a deeper communion. (EC V)

여기서 인간이 얼마나 지속적으로 노력해야하는가를 충분히 인식할 수 있다. '여기와 저기가 문제되지 않는 것처럼' 시공을 초월한 하나님과의 완벽한 조화를 위해서는 끊임없이(still and still) 노력해야 한다. 그래서 끊임없이 음성 청취를 간구하면 그것을 성취할 수 있다는 사실이 성경에는 다음과 같이 나타난다.

또 지진 후에 불이 있으나 불 가운데도 여호와께서 계시지 아니하
더니 불 후에 세미한 소리가 있는지라. (「열왕기상」19:12)

and after the earthquake a fire, but the Lord was not in the fire; and
after the fire a still small voice. (1 King 19:12)

바로 이 부분은 이스라엘의 백성들이 중심인 하나님의 언약을 외면하고 제
단을 무너뜨리며 선지자들을 무참히 살해하는 절체절명의 상황 속에서 선
지자 엘리야(Elijah)에게 말씀이 임하는 상황이다. 온갖 어려움 속에서도 하
나님의 존재를 굳게 믿는 엘리야의 모습은 중심을 외면한 현대인들의 신앙
생활 모습과는 대조되고 있음을 알 수 있다. 심지어 현대인들은 하나님의
존재를 배척하는 상황을 연출하기에 이른다.

황야에서의 말씀은
장례식 무도에서 울부짖는 망령과
서러움에 잠긴 망상의 드높은 탄식 소리 등
유혹의 목소리로 강하게 공격을 받는다.

The Word in the desert
Is most attacked by voices of temptation,
The crying shadow in the funeral dance,
The loud lament of the disconsolate chimera. (BN V)

위 내용을 통하여 인간의 이기심이나 자신만의 지혜가 최상이라고 오인한 결과 인간이 독단적으로 변질되었음을 알 수 있다. 심지어 엘리엇은 말씀이 인간의 생각과 대립될 경우에는 오히려 그것을 배격한다고 주장하여 우리에게 말씀 수용의 필요성을 강조한다. 여기서 우리는 "엘리엇의 작품 속에 나타난 말씀은 그 자체만의 의미를 능가한다"(Sullivan 82)는 주장을 주시할 필요가 있다. 즉, 우주 만물의 중심이 되는 말씀은 현대인들이 생각하고 이해하는 수준을 이미 능가했음에도 불구하고 인간이 이를 수용치 않는 것에 대한 우려를 엘리엇이 표현한다고 볼 수 있다. 엘리엇 역시 「기독교 사회의 관념」("The Idea of a Christian Society")에서 "원류(origins, 源流)를 되찾으려면 우리는 더욱더 위대한 영적 지식을 가지고 우리 자신의 상황을 돌아볼 필요성을 역설한 바 있다"(291).

또한 엘리엇은 욕망을 버리고 사랑 추구의 중요성을 강조한다.

욕망 자체는 동이고
그 자체는 좋지 못하다.
사랑은 그 자체가 동이 아니고
시간의 영역이
비존재와 존재 사이의
한계의 영역에 속하지 않으면
다만 동의 원인이고 궁극일 뿐,
초 시간이고, 욕망이 없다.

Desire itself is movement

Not in itself desirable;

Love is itself unmoving,

Only the cause and end of movement,

Timeless, and undesiring

Except in the aspect of time

Caught in the form of limitation

Between un-being and being. (BN V)

　욕망 자체는 이기적 욕구가 내재되어 있으므로 만물의 중심인 하나님과의 합일이 불가능하다. 그래서 엘리엇은 우리에게 하나님과의 완벽한 합일을 위한 전제조건으로 사랑을 제시하는 것이다. 그 이유는 사랑은 인간이 품고 있는 자신만의 지혜가 최상이라는 것과는 상충되기 때문이다. 쉽게 말해 엘리엇은 자아를 내려놓고 하나님과의 일치된 상황을 '정점'(the still point)으로 표현하는데(BN II) 이는 다시 성경에 나타난 '표적'(sign) 또는 '이적'(wonder)과 동일한 상태가 되는 것이다. 예수 역시 인간에 대한 사랑이 있었기 때문에 십자가에서 죽음을 기꺼이 수용했다.

　우리가 아직 죄인이었을 때 그리스도께서 우리를 위하여 죽으심으로 하나님께서 우리에 대한 당신의 사랑을 확증하셨느니라. (「로마서」 5:8)

But God demonstrates His own love toward us, in that while we were still sinners, Christ died for us. (Romans 5:8)

예수의 죽음은 곧 중심인 하나님의 인간에 대한 사랑의 확증이다. 바로 예수가 십자가에 매달린 채 흘린 '피'가 사랑의 징표로서 이와 같은 사랑은 엘리엇이 『네 사중주』를 창작하게 된 동기 중에 하나인 전쟁에도 적용이 가능하다. 전쟁 역시 그 중심에 '사랑'이 있었다면 발발하지도 않았음은 물론 많은 희생자가 양산되지도 않았을 것이다.[2]

엘리엇은 심지어 겸손을 강조하기 위해 노인의 지혜 또한 부정하기에 이른다.

> 나에게 늙은이의
> 지혜를 들려주지 말라. 차라리 그들의 어리석음을 들려 달라.
> 공포와 광란을 두려워하고, 사로잡히기를 두려워하고,
> 상대방에게, 남에게, 신에게 예속되기를 두려워하는 그들의 공포를
>   들려 달라.
> 우리가 얻기를 바라는 유일한 지혜는
> 겸손의 지혜뿐이다. 겸손에는 끝이 없다.

---

2) 전쟁과 관련해서 다양한 진단들이 존재하지만 두 종류만 소개하면 다음과 같다. 먼저 "『네 사중주』가 성공할 수 있었던 이유 중에 하나는 바로 전쟁 시기의 시이기 때문"(Sencourt 189)이라는 것과 "『네 사중주』 중 . . .「리틀 기딩」에서 전쟁의 모습이 가장 뚜렷하게 나타난다"(Sharpe 162)는 진단 등이 있다.

Do not let me hear

Of the wisdom of old men, but rather of their folly,

Their fear of fear and frenzy, their fear of possession,

Of belonging to another, or to others, or to God.

The only wisdom we can hope to acquire

Is the wisdom of humility: humility is endless. (EC II)

노인들은 통상적으로 삶의 지혜와 지식을 상징함에도 불구하고 그들이 경험에 의존해서 출현시킨 철학 역시 우리 삶의 나침반이 되지 못함을 엘리엇이 강조한다. 이는 곧 인간이 만들어 놓은 지식과 지혜는 유한하기 때문에 우리에게 필요한 것은 자기부인(self-denial), 즉 겸손이 가장 중요한 덕목임을 이야기하는 것이다. 겸손은 곧 중심인 하나님과 나 자신 사이에 1:1이라는 완벽한 대응관계가 형성될 수 있는 필수 조건이다. 즉, "엘리엇은 시간의 안과 밖 그리고 인간과 하나님 사이의 합일점에 관심이 가장 많았다"(Tamplin 154). 이를 통해서 인간과 하나님 사이의 올바른 관계 형성의 중요성을 엘리엇이 얼마나 중요한 덕목으로 간주했는가를 우리는 인식할 수 있는데 그 방법 중에 하나가 겸손이라 할 수 있다. 만약 겸손을 외면하고 '자기를 내세운 채' 살아간다면 인생은 곧 "헛되고 헛되며 모든 것이 헛된"("Vanity of vanities," "vanity of vanities, all is vanity". "Ecclesiastes" 1:2) 결과를 초래하게 될 것이다. 말씀의 외면이나 겸손의 배척이 인간생활에서 최대의 적이 되듯이 성경 역시 이와 유사한 논리를 펼치고 있는 것이다.

그래서 엘리엇은 자기부정의 필요성을 다음과 같이 묘사한다.

소망을 갖지 말고 기다려라.
소망이란 빗나간 소망일 것이니 사랑이 없이 기다려라.
사랑이란 빗나간 사랑일 것이니. 아직 신앙이 있다.
그러나 신앙과 사랑과 소망은 모두 기다림 속에 있다.
생각 없이 기다려라. 그대는 생각할 준비가 되어 있지 않으니.
그렇게 되면 어둠이 광명으로 될 것이고, 고요는 춤이 될 것이다.

. . . . . . wait without hope
For hope would be hope for the wrong thing; wait without love
For love would be love of the wrong thing; there is yet faith
But the faith and the love and the hope are all in the waiting.
Wait without thought, for you are not ready for thought:
So the darkness shall be the light, and the stillness the dancing.

(EC III)

여기서 "기다림은 행위의 정지를 의미하는 것이 아니라는 사실"(Soud 212)
을 우리는 주목할 필요가 있다. 다시 말해 행위를 중지해 버리는 무조건적
기다림이 아니라 중심을 찾기 위한 방법 중에 하나로 일종의 '자아 비우기'
가 필요하다고 볼 수 있다. "비어둠은 일종의 겸손으로서"(Gardner 163)
"이 범주에는 전통적 지혜뿐 아니라 과거의 소중한 가치도 포함된다는 것

이다"(Kenner 264). 이를 통해서 우리는 중심, 즉 하나님이 개입하지 않으면 우리가 소중히 간직하는 희망이나 사랑은 무의미하며 하나님의 뜻이 포함되어야만 의미 찾기가 가능함을 알 수 있다. 그래서 의미를 발견하면 우리의 삶은 "마치 어둠은 빛을 이기지 못한다"(the darkness did not comprehend it)는 성경의 내용처럼(「요한복음」 1:5) 빛의 세상에 속하게 된다는 것이다. 이 모든 것은 결국 행위의 결정 이전에 반드시 중심인 하나님의 뜻 구하기가 우선순위임을 명심할 필요가 있다. 핵심어는 '기다림'으로서 그 기다림의 미학 역시 성경에서 반복되고 있다.

> 이 묵시는 정한 때가 있나니 그 종말이 속히 이르겠고 결코 거짓되지 아니하리라 비록 더딜지라도 기다리라 지체되지 않고 반듯이 응하리라. (「하박국」 2:3)

> For the vision is yet for an appointed time; but at the end it will speak, and it will not lie. Though it tarries, wait for it; because it will surely come, it will not tarry. (Habkkuk 2:3)

위의 내용을 요약하면 지금 바로 말씀이 현실화되지는 않더라도 우리가 우주만물의 중심인 예수의 재림을 강하게 믿으면 반드시 그것이 실현될 수 있다는 것이다. 여기서 우리는 성경과 엘리엇의 주장은 '인내심'과 끊임없는 '기다림'이라는 공통분모가 존재함을 알게 된다.

또한 엘리엇은 예수의 사망 직전 이른바 최후의 만찬 장면을 사용하여 중심을 망각한 현대인들에 대한 안타까움을 전달하고 있다.

똑똑 떨어지는 핏방울은 우리의 유일한 음료이고,
그 피 흘리는 살은 우리의 유일한 식품
그럼에도 불구하고 우리는 우리의 살과 피가
건강하고 견실하다고 생각하고자 한다.
다시 말해서, 그럼에도 불구하고 우리는 이 금요일을 성스럽다고 부른다.

The dripping blood our only drink,
The bloody flesh our only food:
In spite of which we like to think
That we are sound, substantial flesh and blood—
Again, in spite of that, we call this Friday good. (EC IV)

위의 사실적인 묘사는 성 만찬식(Eucharist) 장면을 엘리엇이 현대인의 어긋난 신앙생활에 대해 경각심을 고취시키기 위해서 사용한 것이다. 이를 통하여 현대인들의 그릇된 성만찬에 대한 의미재고를 엘리엇이 요구한다고 볼 수 있다. 예수가 십자가에서 흘리는 피의 모습을 '똑똑 떨어지는 것'(dripping)으로 표현하여 현장감을 높이는가 하면 이 피가 곧 '우리의 유일한 음료'로서 예수의 고난을 수용해야만 우리는 참된 인생의 의미를 구현할 수 있다는 것이다. 여기에 나타난 "성 금요일(Good Friday)은 상승 길과 하강 길, 빛과 어둠, 죽음과 부활 그리고 영(spirit)과 육(flesh)이 하나가 될 수 있다는 계시와 함께 암흑세계로 내려감으로써 이르게 되는 정점을 상징한다"(Drew 173). 그럼에도 불구하고 현대인들은 이와 같은 '성 금요일'의 진정한 의미를 왜곡한 나머지 그 의미를 자의대로 해석한다는 것이다. 바로 엘리엇이 묘사한 이 장면은 성경에 나타난 그것과 매우 흡사하다.

> 저희가 먹을 때에 예수께서 빵을 가지고 축복하시고 떼어 제자들을 주시며 가라사대 받아먹으라 이것이 내 몸이니라 하시고 또 잔을 가지고 사례하시고 저희에게 주시며 가라사대 너희가 다 이것을 마시라 이것은 죄 사함을 얻게 하려고 많은 사람을 위하여 흘리는바 나의 피 곧 언약의 피니라. (「마태복음」 26:26-28)

> And as they were eating, Jesus took bread, blessed it and broke it, and gave it to the disciples and said, "Take, eat; this is My body." Then He took the cup, and gave thanks, and gave it to them, saying, "Drink from it, all of you. For this is My blood of the new covenant, which is shed for many for the remission of sins." (Matthew 26:26-28)

주지하듯이 상기의 장면은 예수가 붙잡혀 십자가에 못 박히기 이전에 제자들과 함께 식사하는 모습으로서 예수의 마지막 권고가 비유적으로 나타나고 있다. '빵'이 곧 '예수의 몸'을 상징하고 '잔'이 곧 '피'로서 부활을 약속하는 것임을 알 수 있다. 그러나 현대인들은 만물의 중심인 예수가 흘린 피

(고난)의 참된 의미를 깨닫지 못하고 『네 사중주』의 제사에 나타난 진단처럼 자신의 지혜가 최고인 듯 행동하고 있다.

결론적으로 "엘리엇의 작품은 성숙한 기독교 신앙의 맥락으로 감상해야한다"(Dale 5-7)는 평가에서 볼 수 있듯 엘리엇은 『네 사중주』 전체를 통하여 기독교 신앙의 핵심 중에 하나라고 할 수 있는 인간과 하나님 사이의 관계를 매우 흥미롭게 전개하고 있다.

나오며

지금까지 『네 사중주』를 통하여 인간과 하나님 사이의 관계를 살펴보았다. 특히 『네 사중주』 전체의 핵심이라 할 수 있는 두 종류의 제사가 지닌 의미를 살펴봄으로써 전체와의 유기적 관계를 확인할 수 있었다. 요약하면 첫 번째 제사의 핵심은 인간 생활에서의 '중심 찾기' 또는 '중심 인정하기'이며 두 번째는 그 중심을 인정하면 인간의 삶은 안정을 찾을 수 있다는 것이다.

또한 『네 사중주』는 성경의 내용을 직·간접적으로 인용하고 있다는 사실을 대다수 연구자들이 인정한다. 중요한 점은 '말씀'(로고스)이 인간은 물론 만물의 중심임을 엘리엇이 정의하고 있음에도 불구하고 현대인들은 이를 외면하고 자기 자신이 내린 판단을 최고라고 믿은 채 살아간다는 것이다. 엘리엇은 이와 같은 현대인들의 모습을 유감스러워하며 그 치유방법으로서 자신을 회고하고 만물의 중심인 하나님과 예수 수용을 요구하고 있다. 이 요구가 수용될 때 비로소 참된 인간 생활 다시 말해 중심을 발견하고 그것과 평행을 이룬 삶을 추구할 수 있다는 사실이 『네 사중주』를 통하여 드러나고 있다.

참고문헌

김경철. 「『네 사중주』와 성경시학」. 『T. S. 엘리엇 연구』 22.1 (2012): 1-31.

대한성서공회. 『한 · 영 성경전서』. 서울: 성덕인쇄사, 1992.

이주연. 「인본주의에 대한 T. S. 엘리엇의 관점: 앵글로 가톨릭신앙을 중심으로」. 『T. S. 엘리엇 연구』 25.2 (2015): 65-86.

Atkins, G. Douglas. *T. S. Eliot: The Poet as Christian*. New York: Macmillan, 2014.

Dale, Alzina Stone. *T. S. Eliot: The Philosopher Poet*. Illinois: Shaw, 1988.

Donoghue, Denis. "T. S. Eliot's Quartets: A New Reading (1965)" ED. Bernard Bergonzi, *T. S. Eliot*. London: Macmillan, 1969.

Drew, Elizabeth. *T. S. Eliot: The Design of His Poetry*. New York: Charles Scribner's Sons, 1949.

Eliot. T. S. "Religion and Literature." *Selected Prose of T. S. Eliot*. Ed. Frank Kermode. London: Faber, 1975.

_____. "The Idea of a Christian Society." *Selected Prose of T. S. Eliot*. Ed. Frank Kermode. London: Faber, 1975.

Gardner, Helen. *The Art of T. S. Eliot*. London: Faber, 1979.

Grotjohn, Robert. "A Hegemon's Privilege." *Journal of the T. S. Eliot Society of Korea* 24.1 (2014): 193-217.

Hammad, I. M. "The Journey from the Inferno to the Purgatory: Eliot's Religious Odyssey." *Theory and Practice in Language Studies* 6.6 (2016): 1149-56.

Hargrove, Nancy D. *Landscape as Symbol in the Poetry of T. S. Eliot*. Jackson: UP of Mississippi, 1978.

Kenner, Hugh. *The Invisible Poet: T. S. Eliot*. London: Methuen, 1974.

_____. "Into Our First World." ED. Bernard Bergonzi, *T. S. Eliot*. London: Macmillan, 1969.

Kojecky, Roger. *T. S. Eliot's Social Criticism*. London: Faber, 1971.

Levina, Jurate. "Speaking the Unnamable: A Phenomenolgy of Sense in T. S. Eliot's *Four Quartets.*" *Journal of Modern Literature* 36.3 (2013): 194-211.

Plimpton, George, ed. *Poets at Work.* London: Penguin, 1989.

Quinn, Maire A. *T. S. Eliot: Four Quartets.* London: Longman, 1982.

Scofield, Martin. *T. S. Eliot: The Poems.* London: Cambridge UP, 1988.

Sencourt, Robert. *T. S. Eliot: A Memoir.* London: Garnstone, 1971.

Sharpe, Tony. *T. S. Eliot: A Literary Life.* London: Macmillan, 1991.

Smith, Grover. *T. S. Eliot's Poetry and Plays: A Study in Sources and Meaning.* Chicago: U of Chicago P, 1974.

Soud, W. D. *Divine Cartographies: God, History, and Poiesis in W. B. Yeats, David Jones, and T. S. Eliot.* London: Oxford UP, 2016.

Spurr, Barry. *Anglo-Catholic in Religion: T. S. Eliot and Christianity.* London: Lutterworth, 2010.

Tamplin, Ronald. *A Preface to T. S. Eliot.* New York: Longman, 1988.

Young, R. V., ed. *Poetry Criticism: Excerpts from Christian of the Works of the Most Significant and Widely Studied Poets of World Literature.* Detroit: Gale, 1991.

Ward, David. *T. S. Eliot between Two Worlds.* London: Routledge, 1973.

Williamson, George. *A Reader's Guide to T. S. Eliot: A Poem-by-Poem Analysis.* New York: Noondays, 1953.

Wilson, Frank. "The Musical Structure of the *Four Quartets*" ed. Sheila Sullivan. *Critics on T. S. Eliot.* London: George Allen and Unwin, 1973.

■ 이 글은 한국 T. S. 엘리엇학회의 학술지 『T. S. 엘리엇연구』(제27권 3호, 2017년 12월) pp.87-108 에 게재된 것을 일부 수정 및 보완하였음을 밝힌다.

엘리엇의 『네 사중주』와 다른 시들 읽기: 종교, 철학, 심리학적 접근

『네 사중주』와 기독교적 관점에서의 사랑

들어가는 말

　　본 연구는 엘리엇(T. S. Eliot)의 『네 사중주』(*Four Quartets*)를 기독교적 시각으로 고찰하는 것이다. 사실 국내외를 불문하고 『네 사중주』와 기독교와의 상관성 연구는 다양하다. 그러나 본 연구는 『네 사중주』를 기독교적 관점에서 간략하게 재평가하고, 그리고 기독교 교리에서 강조하는 '사랑'을 고찰하기 위함이다. 이를 위해서 『네 사중주』를 기독교적으로 평가한 내용들을 살펴보며, 그리고 『네 사중주』에 나타난 사랑을 기독교적 시각으로 조명할 것이다. 본 연구로 인하여 『네 사중주』에 대한 기독교적 시각과 기독교에서 강조하는 '사랑'에 대한 이해력을 높여줄 것이다.

『네 사중주』에 대한 기독교 시각으로의 재평가

우선 형식적 측면에서 "『네 사중주』는 엘리엇 시 스타일(style)의 정점"(Raffel 125)인 동시에 "엘리엇 자신도 이 작품을 『황무지』(*The Waste Land*)보다 선호한 바 있다"(Young 151). 이와 더불어 『네 사중주』는 철학적 내용을 포함하지만 (분명) 철학이 아니라 시"(Robinson 116)라는 분석과 "철학시라고 말할 수 있지만 『네 사중주』는 철학이라기보다는 철학적 표현으로 구성되었다"(Scofield 197)는 평가가 눈에 띤다. 이러한 논란에 대해서는 엘리엇의 이야기를 살펴보면 도움이 될 것이다.

시인은 논쟁의 문제가 아닌 면밀한 점검을 위한 문제로서 철학적 관념을 다룰 수 있다. 철학의 본래 형식이 시적일수는 없다. 그러나 시는 철학적 관념으로 통찰될 수는 있다.

The poet can deal with philosophic ideas, not as matter for argument, but as matter for inspection. The original form of a philosophy cannot be poetic. But poetry can be penetrated by a philosophic idea. (*SW* 162)

위와 같은 엘리엇 주장을 통해서 우리는 종종 논란을 유발시키는 '철학시인 엘리엇', '철학자 엘리엇', '철학자이자 시인인 엘리엇' 등과 같은 정의에 대한 해답을 찾을 수 있다. 엘리엇에 의하면 분명히 시인은 철학자가 아닌 철학적 내용의 진위 파악을 위해 그 내용을 시의 소재나 주제로 사용할 수 있다는 것이다.

또한 "엘리엇의 『네 사중주』는 가장 광범위한(extensive) 동시에 가장 난해한 종교시이며 주의 깊게 연구할 가치가 있는 작품"(Callow 86)이라는 평가가 존재하는데 특히 '광범위하다'는 측면에서 기독교는 물론 불교와 힌두교 또는 동양사상적 측면에서의 연구 등이 출현하고 있다. 그래서 자칫 어느 특정한 한 가지 종류의 작품으로 『네 사중주』를 정의해버린다면 오류를 범할 수도 있다. 그만큼 『네 사중주』는 다양한 방식으로의 접근이 가능함은 물론 그 해석 또한 분분한데 이 사실을 기쉬(N. K. Gish) 역시 인정한 바 있다.

30년 이상 논평이 되었지만 『네 사중주』의 본질과 속성에 대해서는 거의 의견일치가 성립되지 않는다. 대부분은 자신들이 균등하지는 않으나 상대적 우수성은 독자에 따라 다르다는 사실에는 동의할 것이다.

Despite more than thirty years of commentary, there is little agreement on the nature and quality of the *Four Quartets*. Most

would agree that they are uneven, but relative excellence varies with
the reader. (91)

위의 진단은 기쉬가 1981년에 주장한 것이다. 그러나 그 후 40여 년 가까이 흐른 현재 역시 『네 사중주』에 대한 평가가 단순하지는 않은 모습을 보이고 있다.

　　그러나 본 연구의 주된 목적인 기독교적 측면에 국한해서 그 평가의 내용을 살펴보면 좀 더 다양한 양상을 보인다. 기독교와 관련해서 "엘리엇은 전통적 기독교의 상징에 새로운 활력을 불어 넣고 있다"(Wright 12)고 하여 엘리엇 작품에 기독교적 특징이 내포되었음을 주장하는가 하면 데일(Alzina Stone Dale) 역시 "그(엘리엇)의 작품은 성숙한 기독교 신앙의 맥락으로 감상해야 한다"(7)고 하여 엘리엇 작품 전체의 중심에는 기독교가 자리 잡고 있음을 알 수 있다. 다만 여기서 '성숙한'(mature)이라는 수식어가 지닌 의미를 우리는 좀 더 주목할 필요가 있다. 『네 사중주』는 첫 도입을 '시간에 대한 형이상학적 정의'로 출발하여 마지막 부분은 '불과 장미가 하나 될 때'로 종결된다. 사실 도입부와 종결부는 기독교적 색채가 매우 강하다. 특히 마지막 부분은 "시간과 무시간의 순간을 의미했던 불과 장미"(Grotjohn 205)가 "무시간(timeless)과 순간(temporal)의 합일에 대한 시각"(Quinn 50)을 나타낸다는 점에 있어서 더더욱 기독교적 시각으로 조명할 수 있다.

　　특히 현대인이 과거와 현재 그리고 미래라는 3종류로 시간을 명확하게 단정한 채 생활하기 때문에 이른바 영(Spirit)의 시간이라 할 수 있는 제4의 시간인 하나님의 시간을 인식하지 못하며 이에 대한 유감을 엘리엇은 『네 사중주』의 도입부분에서 표현하고 있다. 재언하면 엘리엇은 하나님의 시간을 깨닫지 못하는 현대인에 대한 유감을 표명하면서 기독교적으로 이를 회복할 필요성을 역설하는 것이다. 이는 곧 주종관계의 형성이라 할 수 있는데 인간을 창조한 하나님(God)이 곧 주(主)가 되고 인간이 종(從)이 되는 것이다. 역으로 해석하면 하나님의 시계에 시간을 맞추지 않으면 인간은 홀로서기가 불가능하다는 논리가 성립한다. 이를 인정하듯 릭스(Christopher Ricks)는 "엘리엇은 『네 사중주』의 도입 부분을 시간과 구원(redemption)의 가능성과 불가능성에 대한 명상으로 시작했다"(238)고 주장한다. 이는 인간의 시간인 크로노스(chronos)와 하나님의 시간인 카이로스(kairos)사이의 조화유무를 의미하는 것으로서 이 논리는 『네 사중주』의 제3악장인 「드라이 샐베이지즈」("Dry Salvages")에서 가장 명확하게 드러나며 프라이(Northrop Frye)는 크로노스와 카이로스를 다음과 같이 정의한다.

> 「번트 노턴」에서 이것은 크로노스와는 구별되는 성경적인 카이로스로의 의미로 시간이다. 즉, 로고스의 임재와 존재는 무시간도 아니며 순간도 아닌 지금과 영원이다.
>
> This, in "Burnt Norton," is time in the sense of the Biblical *kairos*, as distinct from *chronos*; the present and presence of a Logos neither

timeless nor temporal, but now and forever. (83)

여기서 하나님의 시간인 카이로스의 특징이 좀 더 명료해졌다. 그것은 무시간이라 정의할 수도 없을 뿐 아니라 그렇다고 순간도 아닌 바로 현재(now)이면서 동시에 미래(forever)를 포함한 것으로서 이 논리는 우리가 시간을 산술적으로 계량화하여 하나님의 존재를 그곳에 제한 시켜서는 안 된다는 의미를 함축하는 것이다. 사실 『네 사중주』 전체는 유한한 인간과 무한한 하나님 사이의 바람직한 관계 설정이 중심 주제 중에 하나로서 인간과 하나님과의 조우(遭遇)가 성사될 수 있는 방법은 물론 그 조우가 형성된 순간이 명시적으로 표현되고 있다. 그래서 크로노스와 카이로스가 공존하지만 중요한 것은 카이로스에 인간의 행동이나 생각(thought)을 맞출 필요성을 역설하는 것으로서 그것이 성립된 순간을 엘리엇은 "하나님의 어둠"(the Darkness of God. EC III) 또는 "갑작스런 광휘"(the sudden Illumination. DS II) 등으로 표현하고 있다.

한편 우리 "개인은 조화법칙 또는 로고스(logos)에 종속됨으로써만 변화로부터 해방될 수 있다"(Williamson 209 참조). 이를 통해 시간에서 해방될 수 있는 유일한 방법이 로고스로서 로고스와의 조화가 인간 생활의 기준이 되어야한다는 사실을 알 수 있다. 결국 인간이 생활의 지침으로 삼고 있는 시간은 물리적 측정이 가능하지만 하나님의 시간은 그것이 불가능하며 이 논리를 윌리엄슨(Roger Williamson)은 "시간은 변화의 영역이지만 로고스는 무시간에 속해 있는 것"(209)으로 진단한다. 여기서 재차 인간은 로고스, 즉 말씀(Word)에 순종하는 것이 필수이며 무시간에 도달할 수 있는 방법 또한 로고스와의 조화라는 사실을 알 수 있다.

또한 "엘리엇이 주장하는 로고스는 하나의 정점이며 바로 그 정점은 신의 동시성(simultaneity)을 함축하는 것"(Smith 258 참조)으로서 하나님을 만난 그 순간이 곧 정점이면서 동시적 성격을 지니고 있는데 여기서 '동시성'이라는 표현을 우리는 좀 더 주시할 필요가 있다. 어느 특정 순간이나 장소가 아닌 이른바 엘리엇의 "여기와 지금이 문제 되지 않을 때"(when here and now cease to matter. EC V)처럼 시공을 초월한 것으로서 일반적으로 '편재하다'(omnipresent) 또는 '편재성'(omnipresence/ubiquity)이라는 표현이 여기서 비롯된 것이다. 인간의 시간이 연속적(선적) 특징이라면 하나님의 시간은 동시적(점적) 특성이라는 진단과 거의 동일한 맥락이다. 이와 유사하게 탬플린(Ronald Tamplin)은 "엘리엇은 신비체험, 즉 시간의 안과 밖(in and outside time) 그리고 인간과 하나님 사이의 합일점에 가장 관심이 있었다"(154)고 진단한다. 결국 인간과 하나님 사이의 합일 실현이 중요한 데 이런 합일점의 형성 가능성에 관하여 센코트(Rober Sencourt)는 "엘리엇이 이제 그의 시 「번트 노턴」에서 자신을 몰입시킨 것은 시간의 각 순간마다 우리에게 무시간적 존재를 감지할 수 있는 기회를 제공한다는 생각이었다"(147)고 진단한다. 매순간마다 모든 것을 하나님의 뜻과 일치시키는 것이 인간의 현명한 삶의 모습으로서 인간이 하나님을 만난 순간 즉, 무시간의 순간을 『네 사중주』를 통하여 나타낸다는 것이다. 그러나 실제

시간에서 해방되어 하나님과 하나 된 순간이 정점(still point)으로 나타남에
도 불구하고 인간에게 그 순간은 짧기 때문에 벅찬 현실로서 견딜 수 없게
되는 것이다(human kind/Cannot bear much reality. BN I). 스미스(Grover
Smith) 역시 "우리들 각자는 시간은 지나가지만 로고스 안에서는 그것이
영원하다고 생각한다"(256)고 진단하여 윌리엄슨의 의견과 유사함을 보이
고 있다. 결국 인간의 활동 기준이 되는 과거, 현재, 미래와 같은 3종류의
시간은 곧 로고스와의 합일이 성사되면 그것은 이와 같은 시간의 분류 체
계에서 벗어나게 되는 것이다. 적어도 엘리엇은 여러 차례 시간을 언급하
면서 과거, 현재, 그리고 미래와 영원이란 4종류의 시간을 언급한 바 있다
(Levina 201쪽 참조). 이른바 제4의 시간으로서 하나님의 시간에 들어가는
것을 '영원'이라 할 수 있다. 이 논리를 인식하고 수용하는 것을 기독교에
서는 '진리'로 간주하며 우리 인간이 지향해야 할 최대 목표로 삼고 있다.
아울러 인간이 로고스를 외면하면 무수히 많은 변화에 마주치지만 그 다변
화 속에서도 바른 자아 찾기의 방법이 성령(Holy Spirit)의 계시를 통한 말
씀 순종이라 할 수 있다. 이와 같은 인간사의 다변화 또는 그 다변화 속에
서 발생하는 부조화와 대립에 관해서 매티슨(F. O. Matthiessen)은 "서로 모
순되는 것 사이의 화해(reconciliation)는 헤라클레이토스(Heraclitus)만큼이
나 엘리엇에게도 필수"(195)라고 진단한 바 있다. 이를 통해서 엘리엇은 인
간 삶의 변화무쌍함을 인정했으며 이 변화를 불변화로 변화시키는 존재가
바로 하나님임을 알 수 있다. 여기서 우리는 '화해'라는 표현을 잠깐 주목

할 필요가 있다. '화해'란 인간의 삶과 하나님의 뜻이 서로 일치된 상황을 의미하는 것으로서 엘리엇은 '화해시키다'(reconcile)란 표현을 "별들 사이에서 화해되기"(reconciled among stars BN II) 또는 "여기서 과거와 미래가 정복되고 화해된다"(Here the past and future / Are conquered, and reconciled. DS V)고 표현한다. 여기서 볼 수 있듯 엘리엇은 『네 사중주』 전체를 통하여 2회 사용하고 있다. 물론 사용횟수가 문제가 되지는 않으나 『네 사중주』 전체의 핵심 주제 중에 하나가 인간과 하나님 사이의 화해라는 점에 있어서는 쉽게 간과할 수만은 없을 것이다.

또한 "특히 엘리엇은 그리스도의 성육화를 순간과 영원 그리고 인간과 하나님의 사랑의 최상의 결합으로 간주한다"(Hargrove 131). 부연하면 구약성서에서의 말씀이 구체적으로 현실화된 존재가 예수(Jesus Christ)이며 그의 출현이다. 이른바 말씀이 육화된 존재가 예수그리스도로서 성육신/성육화가 인간 사이에 끊임없이 변하는 것과 변하지 않는 것 사이의 중재자 역할을 담당하는 것으로서 변화를 불변화로 변환시키기 위해서는 그리스도와의 합일이 필수조건이라 할 수 있다. 신약성서에서의 하나님으로서 주(主, lord)로 번역되는 예수와의 참된 합일이 우리 인생의 최고 덕목이자 인간이 추구해야 할 방향임을 의미한다.

결국 『네 사중주』는 인간과 절대자인 하나님 사이에서 최상의 관계 설정이 주된 주제라는 점을 고려할 때 인간의 마음/심령을 결코 외면할 수는 없을 것이다. 인간이 오로지 성령에 의지하여 따라가는 것, 바로 영혼의 정화 이것이 우리 인간이 해야 할 최대의 의무이자 하나님이 인간에게 주신 명령이라 할 수 있다. 그러므로 우리는 결코 자신의 영혼을 무방비상태로 두어서는 안 되며 끝까지 전진할 필요가 있다. 이는 곧 "「드라이 샐베이지즈」와 『네 사중주』의 결론이란 인간의 활동은 애써 노력하기"(Sullivan 75 참조)라는 분석과 정확히 일맥상통한다. 즉, 인간이 해야 할 의무가 바로 '애써 노력하기'라고 할 수 있다. 다만 그 노력하는 행위의 기준은 하나님의 말씀인데 이것이 성경에서는 "근신하라" "깨어있으라"는 말과 그 내적 의도가 일치하는 것이다. 결국 이러한 내용이 『네 사중주』에 스며들었음을 알 수 있다.

기독교의 중심인 '사랑'의 참뜻 파악하기

이번 장의 주목적은 『네 사중주』에 나타난 '사랑'에 대한 정의와 그 작용 등을 살펴보는 것이다. 먼저 그 사랑이 형이상학적이지만 매우 흥미롭게 전개되어 우리의 이목을 집중시키는 부분이 있다.

욕망 자체는 동이고
그 자체는 좋지 못하다.
사랑은 그 자체가 동이 아니고
시간의 영역이
비존재와 존재 사이의

한계의 영역에 속하지 않으면
다만 동의 원인이고 궁극일 뿐,
초 시간이고, 욕망이 없다.

Desire itself is moment
Not in itself desirable
Love is itself unmoving,
Only the cause and end of movement,
Timeless, and undesirng
Except in the aspect of time
Caught in the form of limitation
Between un-being and being. (BN V)

인간의 욕망과 하나님의 사랑이 완전히 대립각을 세우고 있다. 좀 더 세밀하게 살펴보면 우선 욕망은 그 내부에 인간 개인의 욕구가 포함된 상태로서 '그 자체'는 우리에게 전혀 도움이 되지 못하므로 버려야 할 범주 중에 하나이다. 특히 '욕망'을 강조하면 여기에는 '사적 생각이나 욕구'가 내재되었으므로 포기하는 것은 당연하다. 그러나 반대로 사랑은 하나님의 사랑, 즉 하나님이 예수를 인간 대신 죽게 만듦으로써 인간의 죄를 지신 것, 이른바 '대속죄'를 인정하고 그 사실을 마음에 간직하고 행동함으로써 인간은 구원(salvation)에 이를 수 있다. 부연하면 예수가 십자가에서 못 박혀 죽었다는 것은 객관적 사실로서 '부동'(unmoving)인 동시에 이 사실은 더더욱

동(動)의 원인이자 목적이 된다. 환언하면 동은 일견 인간의 변화가능성을 함축한다고도 볼 수 있다. 다시 말해 예수를 죽게 함으로써 인간에게 보여준 하나님의 사랑은 그 사랑을 깨닫게 되면 인간에게 '동'을 유발시킴으로써 인간의 마음/심령이 하나님께 향할 가능성을 내포하게 되는 것이다. 결국 하나님께 돌아가는 것이 최종 목적이기 때문에 그에게 '향하는 그 순간'은 바로 '동'인 동시에 그 순간은 '욕망이 제거된 상태'(undesiring)가 되는 것이다. 이 순간은 '비존재와 존재 사이'의 영역을 벗어난 것이며 이를 가능케 만든 매개물 또한 사랑이 되는 것이다. 일견 인간이 지나치게 시각적으로 관찰 가능한 사건이나 대상의 존재 그 자체와 존재하지 않는 이른바 육안으로는 관찰 불가능한 현상을 의미하는 비존재 사이의 경계를 제거해야만 인간은 시간을 초월하여 하나님을 만나게 되는 것이다. 바로 이와 같은 '초월적 사랑'이 흥미롭게 서술되고 있다.

> 여기와 지금이 중요치 않을 때
> 사랑은 거의 사랑 그 자체이다.
> 노인은 탐험가여야 한다
> 여기저기가 문제가 아니다.
> 우리는 끊임없이 움직여
> 더욱 높은 결합과 더욱 깊은 영적 친교를 위하여
> 또 다른 강렬함 속으로 들어가야 한다.

Love is most nearly itself

When here and now cease to matter.

Old men ought to be explorers

Here and there does not matter

We must be still and still moving

Into another intensity

For a further union, a deeper communion. (EC V)

'사랑'의 참뜻을 망각해서는 안 되며 또한 그 자체로 변함이 없음을 주의할 필요성이 적절히 표현되고 있다. 결국 사랑은 시공을 초월한다는 사실이 "여기와 지금"(here and now) 그리고 "여기와 저기(here and there)가 문제가 안 될 때"로 표현되었다. 그러나 인간은 시공 초월이 불가능하므로 '여기와 지금' 그리고 '여기와 저기'에 집착을 보이게 된다. 엘리엇 역시 "인간의 호기심은 과거와 미래를 탐색한다"(Men's curiosity searches past and future. DS V)고 말하듯 이는 "인간이 육안으로 관찰 가능한 사건들에만 관심을 갖는 것에 대한 경각으로서 결국 이를 초월할 수 있는 방법이 지속적 강렬함(intensity)의 추구이다. 이 논리를 수용하지 않으면 인간은 결국 과거, 현재, 미래로 구분된 시간에서 절대 해방되지 못함은 물론 영원도달과는 더더욱 거리가 멀어진다.

그러나 흥미로운 점은 '변함'과 '이동'은 인간의 특징이지만 '변함'과 '이동' 그 자체가 반드시 '부정적' 의미만을 내포하는 것은 분명 아니라는 것이다. 그것이 "더 깊이"(further)와 "더 깊은"(deeper)이란 표현으로 나타나고 있다. '하나님과 하나됨'을 강조하기 위해서 쓰인 표현이라 할 수 있는데 그 심층적 의미는 '노력'을 포함하고 있음을 알 수 있다. 노력의 목적은 당연히 '더 깊은 영적 소통을 위한 것'이다. 그러나 더 깊은 소통을 위한 전제조건은 무엇일까? 엘리엇은 그 조건을 "모든 소유물을 상실시키고"(destitution of all property), "감각세계를 건조시키며"(Desiccation of the world of sense), "환상세계를 제거하기"(Evacuation of the world of fancy. BN III) 등을 내세운다. 여기서 환상은 무조건적으로 하나님은 인간을 사랑하기 때문에 모든 것이 잘될 것이라는 믿음을 의미하므로 바람직하지 못하다. 하나님은 사랑을 예수의 죽음과 부활을 통하여 직접 보여주었으므로 그에 대한 보답은 결국 '그의 뜻'을 추종하는 것이다. 그러나 중요한 것은 '계속적으로 끊임없이 노력하는 것'이다. 사실 노인은 선지자가 아닌 일반 어른들이란 의미가 이 속에 포함되어 있다. '선지자'는 하나님의 말씀을 따르고 후세에게 하나님의 족적을 남긴 인물들이기 때문이다. 반면에 '노인'은 인간의 세속적 나이라는 의미가 강하다고 볼 수 있다. 다시 말해 세속적 노인이 '진리 탐구'에 정진할 필요가 있다는 것이다. 이것이 성사되면 그 노인은 하나님과의 만남은 물론 선지자가 될 수 있는 것이다. 이 논리가 곧 긍정적인 변화라고 할 수 있는 것이다. 그러나 이와 같은 변화의 중심에는 결국 "이 '사랑'의 끌림과 이 '부름'의 목소리로써"(With the drawing of this Love and the voice of this Calling. LG V)와 같이 사랑이 자리 잡고 있는 것이다. '사랑의 끌림'은 하나님이 인간을 향한 사랑, 다시 말해 하나님이 사랑하는 예수의 인간에 대한 사랑(물론 하나님의 사랑 포함)을 의미함으로써 이 두 존재의 사랑에 대한 절대적인 수용을 인식할 필요성을 강조하는 것이다. '부름'은 일종의 '소명'으로서 하나님이 인간에게 맡긴 소명의 수행을 의미하는 것인 데 바로 "내가 너희를 사랑한 것처럼 너희도 서로 사랑하라는 것처럼"(「요한복음」 제13장 34절 참조) '사랑'이 모든 것의 중심이 된다면 파괴와 불신, 이기적 욕구가 사라지며 물론 그것은 시간에서 구원받아서 무시간의 순간의 패턴(pattern) 속에 들어갈 수 있는 첫 단초가 된다. 그러나 '사랑' 그 자체가 잘못되었을 경우에는 개인적 혹은 사적 욕구가 다분히 포함되었기 때문에 이를 역시 포기할 것을 엘리엇은 요구한다.

나는 내 영혼에게 말했다. 조용히 하라. 소망을 갖지 말고 기다려라.
소망이란 빗나간 소망일 것이니 사랑이 없이 기다려라.
사랑이란 빗나간 사랑일 것이니. 신앙이 있다.
그러나 신앙과 사랑과 소망은 모두 기다림 속에 있다.
그러면 어둠은 빛이 될 것이고, 정(靜)은 춤이 될 것이다.

I said to my soul, be still, and wait without hope
For hope would be hope for the wrong thing; wait without love
For love would be love of the wrong thing; there is yet faith

But the faith and the love and the hope are all in the waiting.

So the darkness shall be the light, and the stillness the dancing. (EC III)

잘못된, 즉 하나님의 뜻과 일치되지 않은 소망을 버리고 오직 바람직한 '신앙추구'가 최선임을 알 수 있다. 물론 사랑 또한 하나님의 뜻과 대치되면 역시 바람직하지 못하다. 결국 소망과 사랑은 온전히 하나님의 뜻에 합치되어야만 그 의미를 찾게 되는 것이다. 특히 인간이 애착을 갖는 미래와 소망에 관해서는 다음과 같은 진단을 주시할 필요가 있다.

『네 사중주』의 교훈은 미래에 대한 공포심을 버릴 필요성이지만 또한 필수적 결과로서 소망 포기의 필요성이다.

The lesson of *Four Quartets* is the need to abandon fear about the future, but also, as a necessary consequence, to abandon hope. (Robson 115)

여기서 미래를 의미하는 소망과 사랑의 포기의 필요성을 이야기하는데 이는 역으로 나의 욕구와 계획(나의 내적 의도)을 모두 하나님께 의탁해야만 그 효력이 발생할 수 있다는 논리가 가능하다. 부연하면 침묵(still) 속에서 나의 뜻을 멈춰야할 필요성을 강조하는 것으로서 이것이 불가능하다면 소요와 동요 및 변화 가능성이 수반될 것이다. 이른바 빈 공간을 내 욕구로

채워 놓고 하나님의 뜻, 즉 성령(Holy Spirit)이 들어오기를 바라는 우행(愚行)을 범하게 되는 것이다. 성령의 중요성에 대해서는 엘리엇의 이야기를 보면 좀 더 그 구체적 의미를 이해할 수 있다. 엘리엇은 "물론 마음속이 전적으로 진지하고 순수한 사람은 성령의 인도를 구할 것"(Certainly, any one who is wholly sincere and pure in heart may seek for guidance from the Holy Spirit. *SE* 320)이라고 말한 바 있다. 결국 성령을 앞세우고 우리의 자아를 뒤에 놓고 그것을 따라가면 인간의 소망과 사랑은 결코 무의미한 결과를 초래하지 않는다. 나의 의지를 뒤로하고 성령 앞세우기를 성경에서는 다음과 같이 묘사한다.

> 그를 기다리는 자에게나 구하는 영혼에게 여호와께서 선을 베푸신다. 사람이 여호와의 구원을 희망하고 조용히 기다리는 것이 좋다. (「예레미야애가」 3:25-26)

> The Lord is good to those who wait for Him, to the soul who seeks Him. It is good that one should hope and wait quietly for the salvation of the Lord. (Lamentations 3:25-26)

> 가라사대 아바 아버지여 아버지께서는 모든 것이 가능하오니 이 잔을 내게서 옮기시옵소서; 그러나 나의 원대로 마옵시고 아버지의 원대로 하옵소서. (「마가복음」 14:36)

And He said, "Abba, Father, all things are possible for You. Take this cup away from Me; nevertheless, not what I will, but what You will." (Mark 14:36)

하나님의 인자하심은 결국 그를 기다리는 것과 그의 구원을 소망하며 조용히 기다리는 것이다. 이 기다림은 죽음에 임박한 순간에서도 하나님께 그 판단을 맡기는 예수의 모습에서도 볼 수 있다. 그 결과 변화무쌍한 인간의 삶을 의미하는 어둠은 빛이 되어서 하나님을 인식하게 되며 이는 다시 '부동(不動)'이 '동(動)'으로 변환되어 '춤'(dancing)을 형성시킬 것이다. 이런 측면에서 하나님의 사랑은 완벽하다고 볼 수 있다.

나오는 말

사실 엘리엇의 『네 사중주』는 기독교 색채가 가장 강한 작품이라는 평가가 우세하지만 그 내용의 난해성으로 인해 다양한 해석을 낳고 있다.

본 연구는 『네 사중주』에 대한 다양한 해석 방법 중에 하나인 기독교적 시각으로 접근해 보았다. 그래서 전반부에서는 『네 사중주』에 스며있는 기독교관에 대한 평가를 살펴보았고 후반부에서는 기독교 사상의 핵심 중에 하나인 '사랑'의 의미와 그 중요성을 고찰했다. 그 결과 다양한 비평가들은 『네 사중주』에는 인간과 신의 관계가 주된 맥락을 형성한다고 주장하며 또한 기독교적 사랑의 의미가 『네 사중주』에 반영되고 있음을 알 수 있었다.

사실, 국내보다는 해외에서 엘리엇의 기독교성에 대한 연구가 활발하다. 해외의 경우 5만 여종의 연구가 엘리엇과 기독교와의 직/간접적 관련성을 언급하고 있다. 본 연구는 『네 사중주』를 기독교 시각에서 관찰하는 것이 바람직하다는 전제하에서 연구했으므로 다른 다양한 종류의 종교나 사상 등에 대한 연구의 방식을 외면하는 것은 분명 아니다.

참고문헌

대한성서공회. 『한 · 영 성경전서』. 서울: 성덕인쇄사, 1992.

Callow, James T. and Robert J. Reilly. *Guide to American Literature: From Emily Dickson to the Present*. London: Barnes and Noble Books, 1977.

Dale, Alzina Stone. *T. S. Eliot: The Philosopher Poet*. Wheaton: Harold Shaw Publishers, 1988.

Eliot. T. S. *Selected Essays 1917-1932*. New York: Harcourt, Brace and Company, 1931.

_____. *The Sacred Wood: Essays on Poetry and Criticism*. London: Methuen & Co., Ltd., 1972.

Frye, Northrop. *T. S. Eliot: Writers and Critics*. New York: Capricorn Books, 1972.

Gish, Nancy K. *Time in the Poetry of T. S. Eliot*. London: The Macmillan Press Ltd., 1981.

Grotjohn, Robert. "A Hegemon's Privilege: T. S. Eliot's *Four Quartets* and John Ashbery's *Three Poems*." *Journal of the T. S. Eliot Society of Korea* 24.1 (2014): 193-217.

Hargrove, Nancy Duvall. *Landscape as Symbol in the Poetry of T. S. Eliot*. Jackson: UP of Mississippi, 1978.

Levina, Júraté. "Speaking the Unnamable: A Phenomenology of Sense in T. S. Eliot's *Four Quartets*." *Journal of Modern Literature* 36.3 (2013): 194-211.

Matthiessen, F. O. *The Achievement of T. S. Eliot: An Essay on the Nature of Poetry*. 3rd ed. London: Oxford UP, 1976.

Quinn, Maire A. *T. S. Eliot: Four Quartets*. London: Longman York Press, 1982.

Ricks, Chistopher. *T. S. Eliot and Prejudice*. London: Faber and Faber,1994.

Robson, W. W. *Modern English Literature*. London: Oxford UP, 1984.

Scofield, Martin. *T. S. Eliot: The Poems*. London: Cambridge UP, 1988.

Sencourt, Robert. *T. S. Eliot: A Memoir.* London: Garnstone Press, 1971.

Smith, Grover. *T. S. Eliot's Poetry and Plays: A Study in Sources and Meaning.* 2nd ed. Chicago: U of Chicago P., 1974.

Sullivan, Sheila. ed. *Critics on T. S. Eliot.* London: George Allen & Unwin, 1973.

Tamplin, Ronald. *A Preface to T(.) S(.) Eliot.* London: Longman Group Limited, 1988.

Williamson, George. *A Reader's Guide to T. S. Eliot: A Poem-By-Poem Analysis.* New York: The Noonday Press, 1953.

Wright, T. R. *Theology and Literature.* Oxford: Basil Blackwell Ltd., 1988.

Young, R. V., ed. *Poetry Criticism: Excerpts from Christian of the Works of the Most Significant and Widely Studied Poets of World Literature.* Detroit: Gale, 1991.

■ 이 글은 한국 T. S. 엘리엇학회의 학술지 『T. S. 엘리엇연구』(제28권 1호, 2018년 4월) pp.47-63에 게재된 것을 일부 수정 및 보완하였음을 밝힌다.

전쟁의 교훈과 「리틀 기딩」

———————

엘리엇(T. S. Eliot)이 『네 사중주』(*Four Quartets*)의 종결부로서 「리틀 기딩」("Little Gidding")을 구상하는 과정에서 특히 조심했던 점은 크게 두 가지로 요약할 수 있다. 첫째는 현(당)대의 시대적 상황을 반영해야 한다는 것이고 두 번째는 먼저 발표된 3개의 악장인 「번트 노턴」("Burnt Norton")과 「이스트 코우커」("East Coker") 그리고 「드라이 샐베이지즈」("The Dry Salvages")와의 일관성 유지였다(Sharpe 160). 엘리엇이 「리틀 기딩」을 구상할 당시의 국제정세는 엘리엇을 침울하게 만들었고 유럽에서의 전쟁 역시 그가 지금까지 이상적 질서라고 믿었던 것을 위협했으며 바로 그 전쟁의 모습이 가장 명백하게 드러난 작품이 「리틀 기딩」이라고 할 수 있다 (Sharpe 162). 이와 같은 사실을 요약하면 작품의 통일성과 더불어 무엇보다도 시대 상황을 정확하게 진단하고 잘못된 질서를 이상적 질서로 회복시키려는 의도가 「리틀 기딩」에 스며있다고 할 수 있다.

「리틀 기딩」이 전쟁과 밀접하게 연관되었다는 주장은 다수 있지만 몇 종류만 소개하면 다음과 같다. 먼저 "『네 사중주』가 성공할 수 있었던 요인 중에 하나는 전쟁 시이기 때문"(Sencourt 140)이며 심지어 "1939년에 전쟁이 발발하지 않았더라면 엘리엇은 또 한편의 극작품을 창작하려고 시도했을 것이고"(Plimpton 37) "엘리엇의 「리틀 기딩」은 전쟁의 악몽 속에서 창작되었으며 이 작품은 애국 시(patriotic poem)라 불렀다"(Dale 149)는 평가가 있다. 그런데 문제는 「리틀 기딩」이 전쟁과 밀접한 관계가 있음을 인정하면서도 대다수의 연구자들이 전쟁 그 자체에만 관심을 가진 채 전쟁의 교훈이나 본 연구의 주된 목적이라 할 수 있는 전쟁의 상처가 우리에게 시사하는 바가 무엇인지에 대해서는 좀처럼 관심을 보이지 않는다는 것이다. 엘리엇은 현 시대상황에 관심을 갖고 그것에 대한 진실 밝히기는 물론 우리에게 이 전쟁을 통해서 '또 다른 의미 찾기'를 시도하기 때문에 전쟁을 단순한 사건(event)으로 간주해 버려서는 안 될 것이다.

주지하듯이 리틀 기딩(Little Gidding)은 니콜라스 페러(Nicholas Ferrar)가 건설한 영국국교의 신앙공동체로서(Willamson 227) 엘리엇 또한 이 예배당을 방문한 적이 있다(Quinn 13). 특히 "페러는 고등교육을 받았고 이 해관계가 좋은 인물이었지만 공익과 관련된 일을 본업으로 선택하지 않고 사적인 기도와 선행의 삶을 선택했는데 바로 이 모습이 부정의 길(Nagative way)의 변형으로서 엘리엇의 본능에 깊게 호소했다"(Dale 149)고 한다. 아울러 과거 리틀 기딩에서는 참다운 신앙 공동체로서 표본이 될 만큼 철저하고 신실한 신앙생활이 이어졌으며 바로 이와 같은 사실들이 엘리엇에게 호감으로 다가왔고 특히 전쟁으로 인한 리틀 기딩의 파괴와 재건이 작품「리틀 기딩」에서 핵심이 된다고 볼 수 있다.[1]

　　하지만 아쉽게도 대부분의 연구자들이 이와 같은 면을 간과한 채「리틀 기딩」을 감상하려는 경향이 있고 특히 "이 작품은 엘리엇 자신도『네 사중주』중에서 가장 우수한 작품으로 간주함"(Plimpton 40)에도 불구하고 이 작품만이 지닌 특유한 난해성 때문에 관심이 점진적으로 축소되는 경향을 보인다. 그래서 본 연구는「리틀 기딩」을 보다 정확하게 감상하기 위해서 이 작품에 나타난 전쟁의 모습을 중심으로 살펴보면서 동시에 엘리엇이 전쟁을 중요한 창작 소재로 선택한 의도를 고찰해 보고자 한다.

---

1) 리틀 기딩은 17세기 영국의 내란 시기에 고교회파 사람들의 피난처로서(Callow and Reilly 87) 허버트(George Herbert)와 크레쇼(Richard Crashaw)가 이곳을 방문했으며 찰스 1세(Charles I)가 1633년과 1642년에 방문한바 있으며 최종적으로는 그 신앙공동체와 예배당은 1647년에 크롬웰(Oliver Cromwell)의 군대에 의해 파괴되었으나 1714년과 1853년 두 번에 걸쳐 재건된 적이 있다. 엘리엇역시 스튜워트 박사(Dr. H. F. Stewart)와 함께 1936년 5월25일에 이곳을 방문한 바 있다(Hargrove 185-86).

전쟁의 발발과 그것이 남긴 것

사실 이 작품의 서두는 전쟁 그 자체의 묘사라기보다는 '리틀 기딩'이라는 장소를 현재 시각에서 관찰하는 단계에서 출발한다. 특히 리틀 기딩에서 느끼는 화자(엘리엇)의 감회가 계절의 순환원칙에는 존재하지 않는 이른바 우리에게 친숙한 자연 법칙에서 이탈한 모습으로 묘사되어 주목을 끌고 있다.

> ...... 흙냄새도 없고
> 생명체의 냄새도 없다. 지금은 봄철인데
> 계절의 성약 중엔 없다. 지금 산울타리 나무들은
> 한 시간 동안 일시적인 눈꽃송이들로
> 하얗다. 그것은 여름의 꽃보다
> 더 순간적이고, 꽃망울도 맺지 못하고, 시들지도 않으며,
> 생성의 체계에는 존재하지 않는 것이다.
> 여름이 어디 있는가? 상상도 할 수 없는
> 영의 여름은?

> ...... There is no earth smell
> Or smell of living thing. This is the spring time
> But not in time's covenant. Now the hedgerow
> Is blanched for an hour with transitory blossom
> Of snow, a bloom more sudden

Than that of summer, neither budding nor fading,

Not in the scheme of generation.

Where is the summer, the unimaginable

Zero summer? (LG I)

사실 「리틀 기딩」의 도입부는 엘리엇이 1936년 5월 25일에 리틀 기딩을 방문하고 이 작품을 기억에 의존하여 창작한 것으로서 무질서와 혼란처럼 보이지만 과거 전쟁의 상처가 역으로 현재 긍정적인 효과를 보여준 것임을 묘사하기 위해 엘리엇이 장면을 연출한 것으로서 모든 것이 '정점'(still point)에 이르렀음을 묘사하고 있다. 특히 "이 부분은 엘리엇이 가장 성공적으로 묘사한 부분 중에 하나로서"(Traversi 183) 일종의 정지(stillness)상태를 보여주기 위해서 신비로운 경이의 순간을 엘리엇이 포착한 것이다. 여기서 우리는 시간의 맹약을 벗어난 상태를 주의할 필요가 있다.[2] 즉, 하

---

2) 성경에서 '언약'이 등장하는 몇 부분을 소개하면 다음과 같다. *여호야다가 왕과 백성으로 여호와와 언약을 세워 여호와의 백성이 되게 하고 왕과 백성 사이에도 언약을 세우게 하였다. (Then Jehoiada made a **covenant** between the Lord, the king, and the people, that they should be the Lord's people, and also between the king and the people (「열왕기하」 12:17). *이것은 죄 사함을 얻게 하려고 많은 사람을 위하여 흘리는 바 나의 피 곧 언약의 피니라. ("For this is My blood of the new **covenant**, which is shed for many for the remission of sins"(「마태복음」 26:28). *가라사대 이것은 많은 사람을 위하여 흘리는바 나의 피 곧 언약의 피니라. (And He said to them, "This is My blood of the new **covenant**, which is shed for many"(「마가복음」 14:24) *양의 큰 목자이신 우리 주 예수를 영원한 언약의 피로 죽은 자 가운데서 이끌어 내신 평강의 하나님. (Now may the God of peace who brought up our Lord Jesus from the dead, that

나님의 약속은 인간이 결코 변화시킬 수 없다는 것이다.

사실 이 작품은 1647년에 리틀 기딩이 파괴되고 1714년과 1853년 두 차례에 걸쳐 복구된 이후에 엘리엇이 이곳을 방문했을 당시에 자신의 감회를 표현한 것인데 리틀 기딩이라는 장소가 갖는 특수성을 통해서 엘리엇의 역사성을 고찰할 수 있는 부분이기도하다. 즉, 과거에 바람직한 신앙 공동체로서의 리틀 기딩에서 행해졌던 모습을 이미 지나가버린 과거 그 자체로 남겨 두어서는 의미가 없으며 "역사 또는 과거란 바로 현재의 순간에 우리가 의미를 적절히 이해할 수 있어야만 귀중한 것이 될 수 있다는 사실"(Smith 292)을 나타냄으로써 과거에 대한 '재고' 또는 '수정'을 엘리엇이 강조하고 있는 것이다. 다시 말해 과거의 리틀 기딩은 신앙공동체로서의 역할이 매우 의미심장하게 수행되었다는 점을 엘리엇이 은연중에 제시함으로써 현대를 살아가는 우리에게 바람직한 신앙생활로의 회귀의 필요성을 전달하는 것이다. 한마디로 "현재에 대한 의식은 과거에 대한 자각"(Hall 168)으로 요약할 수 있다. 우리는 이 간단한 정의를 유의할 필요가 있는데 이는 현재를 우리가 적절히 인식하기 위해서는 과거에 대한 인지가 수반되어야 한다는 것이다. 이와 같이 현재는 과거와 연결되어 있다는 사실을 결코 망각해서는 안 된다. 또한 이 논리는 "『네 사중주』를 구성하는 각각의 악장은 결국 엘리엇에게는 하나의 고향 찾기로서 「리틀 기딩」은 엘리엇이 영국 성공회(Anglican Communion)에서 발견한 고향의 이상적 패턴이 된

---

great Shepherd of the sheep, through the blood of the everlasting **covenant** (「히브리서」 13:20).

다"(Ward 266)3)는 평가에 의해서 그 진위가 입증될 수 있을 것이다. 「리틀 기딩」의 도입부에서 시간적 배경이 되는 '한겨울의 봄'(Midwinter spring)은 예수가 성육화(incarnation)에서 출현된 계약을 나타내는 하나의 헌장(charter)으로서 시간이 아닌 맹약 속에 있음을 나타내는 것이다(Grotjohn 200). 환언하면 예수의 성육화에 대한 약속이 실현됨과 동시에 그 자체를 시간의 범주에 제한시킬 수 없다는 것이다. 결국 "장소로서의 리틀 기딩은 영원과 순간 사이에 적절한 관계가 이루어지며 모든 것이 완벽한 장소"(Nancy 112)라고 할 수 있다. 쉽게 말해 전쟁으로 인해 피폐된 과거 성지로서의 리틀 기딩에 방점을 둔다기보다는 리틀 기딩은 영원과 순간이 완벽하게 조화된 장소라는 점을 강조한다고 볼 수 있다.

또한 전쟁과 관련해서 물과 불이 모든 것을 파괴시키는 의미로 전달되고 있는 모습 또한 우리의 이목을 끌고 있다.

물과 불이
도시와 목장과 초원을 이어받는다.
물과 불이
우리가 부인했던 희생을 조롱한다.

---

3) 참고로 제1악장인 「번트 노턴」은 기억 속에 있는 순수성과 영원성에 대한 환상 속에서 고향을 찾으려는 엘리엇의 시도이며 제2악장인 「이스트 코우커」는 과거 영국의 혈통을 탐색하려는 시도이고 제3악장인 「드라이 샐베이지즈」는 엘리엇이 소년시절에 보낸 휴가와 미국의 과거에 대한 엘리엇의 추억 탐색하기이다. 그러나 이 세 종류 모두 실패했으며 「리틀 기딩」에 이르러서야 비로소 성공했다고 진단한다(Ward 266).

물과 불이
우리가 잊었던
성소와 찬양대 자리의 파괴된 토대를 썩힐 것이다.

Water and fire succeed
The town, the pasture and the weed.
Water and fire deride
The sacrifice that we denied.
Water and fire shall rot
The marred fountains we forgot,
Of sanctury and choir. (LG II)

「리틀 기딩」에는 이 세계를 구성하는 네 종류의 원소-흙, 물, 공기, 불-가 생성과 파괴의 특징을 보여준다(Weitz 140)고 진단하듯 위에서는 물과 불이 파괴적인 의미로 사용되고 있다. 먼저 창작되어 발표된 『황무지』(*The Waste Land*)에서는 물과 불이 각각 세례와 성령을 상징하는 긍정적인 의미였다면 「리틀 기딩」에서는 파괴의 의미로 변환되고 있음이 특이할 만하다. 윗부분은 제2차 세계대전에서 런던이 폭격당할 당시에 불과 물에 의해 파괴된 도시교회와 1647년에 크롬웰의 병사들에 의해 파괴된 이후의 예배당을 환기시킨다(Hargrove 192). 1942년 봄과 여름에 걸쳐서 런던은 10개월 동안 밤마다 끊임없이 폭격을 당했으며 5월 한 달 동안에도 3천여 명이 공습 폭격으로 사망했으며 엘리엇 또한 런던이 파괴되는 모습을 참혹하게 느낀 바 있다(Dale 149). 또 한편으로는 파괴된 런던 교회의 모습 이외에도 유럽과 전 세계를 파멸시키고 고대의 전통과 문명에 의존하는 의식적이고 신비적이며 종교적인 인생관을 파괴시키는 야만적 행위를 암시한다(Ward 271)는 진단 또한 존재한다. 물론 일부에서 "물이 세례를 상징한다" (Bagchee 118)는 주장도 있으나 결국 표면적으로는 파괴된 교회의 모습을 상징한다는 것과 심층적으로는 유럽 및 고대의 전통과 종교적 인생관을 파괴시킨다는 의미가 중첩되어 있음에는 틀림없다. 엘리엇은 시와 의식 (ceremony)을 현대 세계의 공허감과 혼란스러움에 의미를 부여할 수 있는 추진력으로 간주하듯(Thornley and Roberts 187) 「리틀 기딩」이라는 작품을 통하여 단순히 전쟁의 파괴적 모습에 머물지 않고 그 전쟁이 주는 교훈에 대한 우리의 관념을 재고시킨다.

이어서 좀 더 구체적인 전쟁의 상황이 다음과 같이 묘사된다.

끝없는 밤이 끝날 무렵
  아침이 되기 전의 분명치 않은 시간
  끝없는 것이 반복되는 그 끝에서
불빛을 깜박이며 혀를 내미는 검은 비둘기는
  집으로 향하여 지평선 밑으로 사라졌고
  다른 소리하나 들리지 않는 아스팔트 위에
마른 잎이 아직도 다르륵 다르륵 깡통 같은 소리로 울렸을 때
  연기 이는 세 구역 사이에서

나는 정처 없이 발을 재촉하며 걸어오는 한 사람을 만났다
엷은 금속조각이 도시의 새벽바람에 날려
저항도 없이 이쪽으로 밀려오는 것 같았다.

In the uncertain hour before the morning
  Near the ending of interminable night
  At the recurrent end of the unending
After the dark dove with flickering tongue
  Had passed below the horizon of his homing
While the dead leaves still rattled on like tin
Over the asphalt where no other sound was
  Between three districts whence the smoke arouse
  I met one walking, loitering and hurried
As if blown towards me like the metal leaves
  Before the urban dawn wind unresisting. (LG II)

지루하고 불안한 공포의 밤이 거의 종료되고 고요 속에서 평온한 아침이
도래할 것 같지만 그 이전에 '검은 비둘기', 즉 폭격기가 모든 것을 폐허로
만든 채 돌아갔다. '불빛을 깜박이는 것'은 도시와 그 주변을 파괴시키기
위해 항공기에서 뿜어내는 화염으로서(Matthiessen 190) 매우 사실적인 묘
사에 의존하여 전쟁 당시의 현장감을 살려주고 있다. 심지어 "전쟁에서 변
설(Tongue)은 항상 증오가 정당화 된다"(Drew 194)고 하여 인간의 이기적

이거나 어리석은 생각에서 나온 판단이 마치 옳은 것으로 오인되고 있음을 알 수 있다.

그래서 인간의 잘못된 판단이나 생각을 재고시키기 위해 오랫동안 간직했던 선물 세 종류를 스승의 구설에 의해 들려주는 데 여기서도 전쟁의 모순 내지는 불합리성이 그대로 드러나고 있다.

> 그리고 마지막으로 그대가 행한 모든 과거의 행위와 존재를
> 재연하는 찢는 듯한 고통. 그리고 훗날
> 밝혀진 동기의 수치, 그리고 한때 그대가
> 미덕의 훈련으로 여겼던 것이
> 잘못 행해지고 타인에게 해를 주었다는 인식.

> And last, the rending pain of re-enactment
> Of all that you have done, and been; the shame
> Of motives late revealed, and the awareness
> Of things ill done and done to other's harm
> Which once you took for exercise of virtue. (LG II)

바로 위의 내용은 죽은 스승이 전해주는 말 중에 마지막 부분으로서 전쟁이 종료된 후에 우리의 판단에 대한 깊은 성찰을 요구하는 것이라 할 수 있다. 바로 "전쟁에 의한 테러는 인간에게 오만은 물론 타인에 대한 이해력 결핍 및 자신과 타인의 욕구에 대한 외면 등을 상기시킨다"(Ward 281)

고 하듯 우리는 과거의 전쟁이 우리에게 감당하기 힘든 고통을 안겨주었고 또한 오만을 증폭시켰으며 게다가 인간 상호간에 이타심을 파괴시키는 결과를 초래했음을 알 수 있다. 게다가 '전쟁을 곧 미덕'으로 오인하고 그것을 유발시킴으로써 결국 자국의 이익을 증진시키는 데는 일조했을지언정 전 세계 국가들에게는 심각한 물적 피해는 물론 육체적·정신적 상처를 주게 된 것이다. 특히 개인의 이기심 때문에 수많은 희생자가 양산되었으며 "제2악장인 「이스트 코우커」가 영혼의 질병을 주로 이야기한다면 「리틀 기딩」은 인간의 행위 특히 인간의 정치적 행위를 주제로 생각해야하며 또한 신학에서 말하는 본인의 의사에 의한 현행 죄(actual sin)를 떠올리게 한다"(Gardner 177-78). 여기서 '본인의 의사에 의한 현행 죄'라는 단정을 좀 더 주목할 필요가 있다. 어디까지나 타인의 강요에 의한 것이 아니라 순수하게 '개인적 욕구' 때문에 전쟁이 발발하여 만인에게 심각한 손상을 제공하게 되었다는 것이다. 물론 엘리엇은 이 손상 자체만을 이야기하려는 것은 분명 아니다. 다시 말해 전쟁 그 자체의 피해나 손상에 국한된 것만이 아니라 인간의 잘못된 동기나 미덕의 왜곡 및 개인의 정치적 행위가 심각한 피해를 유발할 수도 있다는 것을 주지시키려는 것이다. 여기서 우리는 리틀 기딩을 폐허로 만들어버린 그 사건 자체는 비록 시제가 과거일지언정 현재에 그것에 대한 평가를 재고할 필요성을 엘리엇이 강조하고 있음을 간과해서는 안 된다. 즉, 과거는 현재에 의해 수정 또는 보완될 수 있음을 함축하는 것으로서 이는 또 다른 문제가 제기될 수 있는데

그것은 우리가 과거의 사건을 어떤 시각으로 바라볼 것인가와 같은 역사관
에 대한 문제를 대두시킨다. 이 문제에 대하여 엘리엇은 다음과 같은 해답
을 제공한다.

종종 비슷하게 보이지만 완전히 다른 세 가지 상태가 있는데
똑같은 산울타리 속에서 무성하게 번창한다.
자아와 사물과 사람들에 대한 집착, 자아와
사물과 사람들로부터의 초탈, 그리고 그 두 가지 사이에서
　자라는 무관심,
그것은 죽음이 삶과 유사하듯이 앞의 양자와 유사하고
두 생(生) 사이에 있는 것, 즉 죽은 쐐기풀과 산 쐐기풀 사이에서
꽃이 피지 않는 상태 그것.

There are three conditions which often look like
Yet differ completely, flourish in the same hedgerow:
Attachment to self and to things and to persons, detachment
From self and from things and from persons; and, growing
　between them, indifference
Which resembles the others as death resembles life,
Being between two lives-unflowering, between
The live and the dead nettle. (LG III)

엘리엇은 우리가 살아가면서 우리 자신을 포함해서 주변에 대한 관찰 시각을 크게 세 종류로 분류하는 데 이들은 흔히 유사한 것처럼 보이지만 완전히 다르다고 주장한다. 여기서는 집착이나 무관심이 아니라 '초탈'을 엘리엇이 요구하는 것이다. 엘리엇은 '초탈'의 자세로 자신은 물론 세상의 일과 인간들에 대해 판단할 것을 주장하고 있다. 이 논리가 곧 '리틀 기딩'에서 발생했던 사건을 정확하고 바르게 판단할 수 있는 지름길이라고 할 수 있다. 흥미롭게도 20세기 전쟁이나 과거의 전쟁—본 작품에서는 장미전쟁(the Wars of the Roses)을 말함—역시 지나친 '집착'과 '무관심'에 의해 발생했다는 것이다.

또한 엘리엇은 전쟁을 과거와 현재를 병치함으로써 그 효과를 높이고 있다.

만일 내가 일몰에 한 왕을
또는 교수대에 올랐던 세 사람, 또는 더 많은 사람들을,
또는 국내외 여기저기에서
죽어 잊혀진 몇몇 사람들을,
또는 눈먼 채 조용히 죽은 그 사람을 생각한다면,
우리는 왜 이와 같이 죽은 사람들을
죽어가는 사람 이상으로 찬양해야 하는가?

If I think of a king at nightfall,
Of three men, and more, on the scaffold

And a few who died forgotten

In other places, here and abroad,

And of one who died blind and quiet,

Why should we celebrate

These dead men more than the dying? (LG III)

과거 장미전쟁의 상황과 제2차 세계 대전의 상황―현재, 엄밀히 말하면 과 거이지만 엘리엇이 이 작품을 창작할 당시를 기준으로 삼을 경우―을 엘리 엇이 동일 선상에 올려 그 정확한 의미를 파악하고 있다. 특히 대의명분을 주장하다가 무참하게 죽어버린 사람을 깊게 숙고하는 것이 오히려 현재 "제2차 세계대전에서 죽어가는 사람"(Headings 140)보다 더 명예롭게 여겨 야함을 강조한다. 특이하게 엘리엇은 현대인 보다는 선조들에게 더 관심을 보이고 있음을 알 수 있는데 이를 통해서 과거를 평가하는 기준이나 표준 을 재검토할 필요성을 강조하고 있음을 알 수 있다. 한 마디로 "과거의 진 정한 의미 찾기"라고 할 수 있는데 이 논리를 엘리엇은 제3악장인 「드라이 샐베이지즈」에서 "의미로 재생된 과거의 경험"(the past experience revived in the meaning DS II)이라 주장한 바 있으며 이 논리가 「리틀 기딩」에서 실 현되었다고 볼 수 있다. 만약 과거에 대해 진정한 의미 찾기가 불가능하다 면 현재는 물론 미래 역시 매우 불투명한 역사를 맞이하게 될 것임에 틀림 없기 때문이다. 캐너(Hugh Kenner)역시 필자의 주장과 유사하게 "「리틀 기딩」에 나타난 주제 중에 하나는 현재를 기준으로 놓고 과거의 가치에 추가적인 의미를 제공하는 것"(134)이라 진단한다. 즉, 과거를 판단하는 기준은 어디까지나 현재이며 또한 현재의 냉정한 시각-이른바 집착이나 무관심이 아닌 초탈의 자세로-으로 과거의 가치에 또 다른 의미를 부여해야만 하는 당위성을 역설하는 것이 「리틀 기딩」의 핵심 중에 하나라고 할 수 있다.

특히 엘리엇은 「리틀 기딩」에서 과거의 중요성에 대한 재고를 위하여 실존했던 3인을 등장시킴으로써 한층 더 표현의 사실감을 제공한다. 그들이 바로 찰스 I세와 로드 대주교(Archbishop Laud) 그리고 영국의 정치인인 웬트워스(Thomas Wentworth)와 스트랫포드(Strafford) 백작이다(Quinn 48). 이들은 모두 과거의 인물임에도 불구하고 엘리엇이 「리틀 기딩」의 창작을 위해 사용한 것은 "시는 사라졌지만-과거 모습 그대로 장소로서의 리틀 기딩을 말함-다른 패턴으로 출현한 사람들을 불러오는"(Ricks 238) 효과를 제공하여 과거가 그 자체로 체류하지 않고 현재에 이르러 재현된 모습을 보여주기 위함이라고 볼 수 있다. 즉, 과거 전쟁에서 희생된 인물들이 현재 재현되어 새로운 의미로 다가오는 것으로서 과거의 의미 찾기가 진정으로 성사되었다고 할 수 있다. 이와 같이 엘리엇은 전쟁을 통해서 과거의 의미를 현재의 입장에서 재고할 필요성을 역설하고 있다.

이어서 엘리엇은 한층 더 전쟁의 상황을 진지하게 묘사하면서 우리에게 '현재'에 대한 재고의 필요성을 요구한다.

비둘기가 내려오면서 작열하는
공포의 불길로 대기를 파괴한다
그 불길에서 혀가 선언한다
죄와 과오로부터의 구원을.
오직 구원이냐, 또는 절망이냐는
  불로써 불로부터 구원받기 위하여
  이 불 섶을 택하느냐, 저 불 섶을 택하느냐에 있다.

The dove descending breaks the air
With flame of incandescent terror
Of which the tongues declare
The one discharge from sin and error.
The only hope, or else despair
  Lies in the choice of pyre or pyre-
  To be redeemed from fire by fire. (LG IV)

위의 상황은 전시임에도 불구하고 "구원 가능한 조건을 선언함으로써"
(Matthiessen 191) 다시 원상회복의 가능성을 시사하고 있다. 주목할 점은
전쟁이 온 세계의 폐허라는 물리적 죽음과 동시에 죄와 공포로부터의 구원
을 의미한다는 것이다. 비둘기(독일의 폭격기)가 영국의 대기를 혼탁하게
만들어 인간을 포함해서 만물을 질식시킬 양 공격하는 모습을 엘리엇이 매
우 사실적으로 묘사하는 것이 인상적이며 또한 그 폭격기에서 나오는 목소

리가 '인간의 구원'을 강하게 권유한다는 점이 이채롭다. "'하강하는 비둘기'
는 오순절(Pentecost)에 내려오는 성령(the Holy Spirit)[4]과 구원 선언인 동
시에 독일의 폭격기가 런던에 쏟아내는 불길로서"(Tamplin 160) 이와 같이
"폭격 그 자체가 이중(double)의 의미를 내포함으로써"(Soud 189) 작품의
매력을 한껏 발산하고 있다.

　　한편 우리가 간과할 수 없는 점은 단순히 엘리엇이 전쟁 묘사에서 멈

---

[4] 오순절(五旬節) 의식은 부활절로부터 50일째 되는 일요일에 거행한다. 예수 그리스도
　　가 죽은 뒤 부활하여 승천한 다음 유대교의 오순절에 성령이 제자들에게 강림한 것을
　　기념하며 그리스도교가 세계를 향해 선교를 시작한 날로 여긴다. 유대교 절기로는 원
　　래 첫 수확한 밀을 바치는 감사절이었지만 랍비들은 하나님이 시나이 산에서 모세를
　　통해 히브리인들에 율법을 내려준 일과 연관 지었다. 초기 교회에서 그리스도교들은
　　이 기간의 시작(부활절) 과 끝(오순절)에는 세례식이 거행되었다. 훗날 북유럽에서는
　　부활절보다 오순절에 세례를 주는 것이 보편화되었으며, 영국에서는 갓 세례를 받은
　　사람들이 특별히 흰 옷을 입었기 때문에 이 축일을 보통 '백색 일요일'(Whitsunday)이
　　라고 하면서 성공회는 이를 계속 사용해왔다(오순절 http://100.daum.net/encyclopedia
　　/view/b16a0956a). 또한 "오순절"의 장면이 성경에서는 다음과 같이 묘사되고 있다. *
　　오순절 날이 이미 이르매 저희가 다 같이 한 곳에 모였더니 * 홀연히 하늘로부터 급
　　하고 강한 바람같은 소리가 있어 저희 앉은 온 집에 가득하며 * 불의 혀 같이 갈라지
　　는 것이 저희에게 보여 각 사람 위에 임하여 있더니 * 저희가 다 성령의 충만함을 받
　　고 성령이 말하게 하심을 따라 다른 방언으로 말하기를 시작하니라(Now when the
　　Day of Pentecost had fully come, they were all with one accord in one place. * And
　　suddenly there came a sound from heaven, as of a rushing mighty wind, and it filled the
　　whole house where they were sitting. * Then there appeared to them divided tongues, as
　　of fire, and one sat upon each of them. * And they were all filled with the Holy Spirit
　　and began to speak with other tongues, as the Spirit gave them utterance (「사도행전」
　　2:1-4).

추지 않고 인간에게 현재 시각에서 과거를 기초로 하여 영혼 구원이나 불멸 중에서 양자택일을 요구한다는 것이다. 구원은 불로서만 가능한데 그것 역시 우리의 선택에 의해서만 가능하다. 이는 마치 하나님(God)이 에덴동산에서 아담(Adam)과 이브(Eve)에게 선악에 대한 선택권을 제공했던 것처럼 우리에게도 양자택일의 권한이 부여된 것과 일맥상통한다. 이와 같은 양자택일에 관하여 메티쎈(F. O. Matthiessen)의 진단은 주목할 가치가 있다.

> 우리가 가진 모든 것은 우리가 선택할 수 있는 조건, 즉 우리의 파괴적인 욕망의 불 또는 측량할 수 없는 하나님의 사랑의 굉장한 불이다.

> All we have is the terms of our choice, the fire of our destructive lust or the inscrutable terrible fire of divine Love. (192)

바로 위와 같이 우리는 두 종류 중에 하나를 선택해야한다. 그러나 그 선택의 결과는 분명 차이가 있다. 파괴적 욕망의 불꽃을 선택한다면 그것은 개인의 영혼이 멸망되거나 본 작품의 주요 소재가 되는 전쟁을 유발시킬 수 있는 완전히 다른 상황이 도래할 수 있고 그와는 반대로 측정 불가능한 하나님의 사랑을 선택하게 되면 현재의 '나'와는 다른 세계를 체험할 수 있는 지름길이 될 것이다. 당연히 엘리엇은 후자, 즉 성령의 불길을 선택함으로써 영혼 구원을 요구하는 것이라 할 수 있다. "전쟁은 시간에 속한 어느 특정한 순간을 의미하지만"(Drew 179) 엘리엇은 이 전쟁을 통하여 오히려 성령의 임함을 받게 되면 시간을 초월한 무시간의 순간을 체험할 수 있다는 사실을 보여주는 것이다. 결론적으로 독일의 폭격기의 폭격 장면이 우리가 육안으로 관찰 가능한 실제 폭격 장면에 멈추지 않고 보다 심층적으로 '성령의 불꽃'을 의미하는 기발한 착상(conceit)을 우리는 엘리엇식의 스타일(Eliotian style)이라 부를 수 있을 것이다.

이제 엘리엇은 「리틀 기딩」의 최종 V부에서는 전쟁을 자신의 글쓰기와 연결 짓고 있다.

> 우리가 시초라고 부른 것은 흔히 끝이고
> 끝을 맺는 것은 시초를 만드는 것.
> 끝은 우리가 출발한 그곳, 그리고 모든
> 올바른 어구나 문장은(그 안에서 각 단어가 어색하지 않고,
> 각기 제 자리에 붙어서 다른 단어들을 떠받치며,
> 그 단어는 주춤거리지도 않고 겉치장 하지도 않고,
> 낡은 말과 새 말이 순순히 교섭하고,
> 일상용어라도 정확해서 야비하지 않고,
> 형식적 용어라도 꼭 들어맞아서 현학적인 맛이 없는,
> 함께 춤추는 완전한 배필)
> 각 어구나 각 문장은 끝이며 동시에 시초,
> 모든 시는 하나의 비명이다.

What we call the beginning is often the end

And to make an end is to make a beginning.

The end is where we start from. And every phrase

And sentence that is right(where every word is at home,

Taking its place to support the others,

The word neither diffident nor ostentatious

An easy commerce of the old and the new,

The common word exact without vulgarity,

The formal word precise but not pedantic,

The complete consort dancing together)

Every phrase and every sentence is an end and a beginning,

Every poem an epitaph. (LG V)

결국 우리가 처음이라고 부르는 것은 에덴동산으로 돌아가는 것이고 이것
이 곧 최종 목적인 동시에 시간을 초월한 신의 시간과 합일된 순간이라 할
수 있다. 놀랍게도 "엘리엇은 단 하나의 패턴으로 전체를 나타낼 수 있는
장소를 (「리틀 기딩」으로) 선택했으며"(Nancy 117) 인간이 이러한 패턴을
적극 수용하여 따라가야 함을 함축하고 있다. 그런데 그 패턴을 정확하게
전달하는 방법 중에 하나가 '글쓰기'로서 엘리엇의 글쓰기의 효과를 다음과
같이 진단한다.

  이것이(글쓰기) 시인의 적절한 행동이며 그리고 적절하게 수행된

모든 시와 다른 행동은 역사를 의미 있게 만든 사람들의 행동만큼 의미심장하다. 옳은 행동의 의미에서 보면 우리는 그들 모두의 중요성을 이해한다.

This (writing) is the proper action of the poet; and every poem or other action properly performed is as significant as the actions of the figures who make history meaningful. In the light of right action we understand the significance of them all. (Headings 141)

바로 글쓰기라는 것은 시인이 해야 할 행위로서 자신이 직접 느낀 체험이나 경험 또는 기억 속에 내재되어 있던 추억을 생생히 재현한다는 것은 역사에 의미를 부여한 사람들의 행위만큼이나 중요하다고 볼 수 있다. 결국 과거의 사건을 정확하고 의미심장하게 재현한다는 것이 시인의 임무이지만 그 재현과정 자체는 결코 녹록치 않다는 것을 그대로 보여주고 있다.

또한 글쓰기에서 "모든 구(phrase)가 경험이라는 것은 하나의 과정이 종결됨과 동시에 후세대가 드나들 수 있는 출입구를 제공함으로써"(Traversi 211) 후세대가 또 다른 훌륭한 패턴을 창조해 내기를 바란다고 볼 수 있다. 이러한 패턴을 형성하려면 무엇보다도 자신의 경험과 언어 표현 사이에 정확한 연결 관계가 조성되어야 하는데 이 논리는 "글쓰기에서 엘리엇이 끊임없이 추구했던 목표는 인간의 경험이 새로운 삶 속에서 재창조될 수 있는 언어의 완벽한 질서 찾기였다"(Patterson 184)는 진단과 일맥상통한다.

간단히 말해 외형상으로는 경험과 언어 사이의 완벽한 질서구현이 어려울 수 있음을 의미하지만 내면상으로는 그것이 구현될 수 있음을 암시하는 것이다.

결론적으로 「리틀 기딩」과 직접적으로 연관되어 있는 전쟁에 관해서는 엘리엇의 말을 직접 들어보는 것 또한 흥미로울 것이다.

> 사실은 간단히 밀턴이 상징적 인물이었던 17세기 내란은 결코 종결되지 않았다는 것이다. 내란은 끝나지 않았다. 즉, 나는 모든 심각한 내란이 정말 끝날 수 있는가를 의심한다. 그 시기를 통하여 영국 사회는 매우 진동이 심했고 분열되었으므로 그 영향은 아직도 느껴진다.

> The fact is simply that the Civil War of the seventeenth century, in which Milton is a symbolic figure, has never been concluded. The Civil War is not ended: I question whether any serious civil war ever does end. Throughout that period English society was so convulsed and divided that the effects are still felt. (*OPP* 148)

역사이든 사건이든 또는 과거사이든 이들이 모두 현재와는 무관한 것으로 간주되어서는 안 된다는 것을 엘리엇이 시사하고 있다. 바로 그것을 엘리엇은 내란에 적용시키고 있는데 그 영향이 현재까지 이어진다는 사실을 강조하고 있으며 그 과거사에 대한 평가는 현재도 계속되어야함을 주장한다.

과거에 대해 모두가 동일한 평가를 내릴 것으로 단정하기란 어렵지만 반드시 '재평가'되어야 하는 것임에는 틀림없는 것으로 보인다. 이를 위해서 엘리엇은 장소로서의 리틀 기딩을 작품으로서의 「리틀 기딩」으로 구체화시켰다고 볼 수 있다.

나오는 말

「리틀 기딩」의 주요 배경이 전쟁이라는 사실은 익히 알려져 있으며 또한 아무도 부인하지 않는다. 그러나 문제는 전쟁 그 자체에 대한 묘사나 설명에만 그쳐서는 안 되며, 그렇게 되면 「리틀 기딩」의 감상에 하나의 장애가 될 수 있다는 것이 필자의 판단이다.

그래서 본 연구는 전쟁의 참된 의미, 즉 전쟁의 원인과 발발 모습 및 그 전쟁으로 인한 효과와 현재를 살아가는 우리에게 전쟁이 시사하는 바가 무엇인가를 재고하려고 노력하였다. 물론 엘리엇의 내적 의도가 무엇일까 라는 점을 최우선으로 염두에 두었다. 사실 전쟁은 과거의 사건임에는 틀림없다. 그러나 우리가 그 과거의 사건을 그대로 과거로 방치해서는 참된 의미 찾기가 불가능하다. 이 과거의 사건을 수정 및 보완이 포함될 수 있는 현재의 시각으로 재조명하는 것이 「리틀 기딩」에 포함된 핵심 내용 중에 하나라고 할 수 있다. 간단히 말해 엘리엇은 장소라는 리틀 기딩을 중심에 놓고 전쟁이라는 사건을 통하여 과거의 전쟁 또는 역사를 현재의 시각에서 재고할 필요성을 「리틀 기딩」이라는 작품을 통하여 반복적으로 주장한다고 볼 수 있다.

참고문헌

Bagchee, Shyamal. *T. S. Eliot: A Voice Descanting*. New York: St. Martin's Press, 1990.

Callow, James T. and Roberts J. Reilly. *Guide to American Literature: From Emily Dickinson to the Present*. New York: Harper & Row, Publishers, 1977.

Dale, Alzina Stone. *T. S. Eliot: The Philosopher Poet*. Illinois: Harold Shaw Publishers, 1988.

Drew, Elizabeth. *T. S. Eliot: The Design of His Poetry*. New York: Charles Scribner's Sons, 1949.

Eliot, T. S. *On Poetry and Poets*. London: Faber and Faber, 1971.

Gardner, Helen. *The Art of T. S. Eliot*. London: Faber and Faber, 1979.

Grotjohn, Robert. "A Hegemon's Privilege." *Journal of the T. S. Eliot Society of Korea* 24.1 (2014): 193-217).

Hall, Vernon. *A Short History of Literary Criticism*. New York: New York UP, 1963.

Hargrove, Nancy Duvall. *Landscape as Symbol in the Poetry of T. S. Eliot*. Mississippi: The UP of Mississippi, 1978.

Headings, Philip R. *T. S. Eliot*. New Haven: Twayne Publishers, 1964.

Kenner, Hugh. ed., *T. S. Eliot: A Collection of Critical Essays*. London: Prentice-Hall, Inc., 1962.

Matthiessen, F. O. *The Achievement of T. S. Eliot: An Essay on the Nature of Poetry*. London: Oxford UP, 1976.

Nancy, Gish. *Time in the Poetry of T. S. Eliot*. London: The Macmillan P. Ltd., 1981.

Patterson, Gertrude. *T. S. Eliot: Poems in the Making*. New York: Barnes and Noble Books, 1971.

Plimpton, George. *Poets at Work: The Paris Review Interviews*. London: Penguin Books, 1989.

Quinn, Maire A. *T. S. Eliot: Four Quartets.* London: Longman York P, 1982.

Ricks, Christopher. *T. S. Eliot and Prejudice.* London: Faber and Faber, 1994.

Sencourt, Robert. *T. S. Eliot: A Memoir.* London: Garnstone P, Limited., 1971.

Sharpe, Tony. *T. S. Eliot: A Literary Life.* London: Macmillan P, Ltd., 1991.

Soud, W. David. *Divine Cartographies: God, History, and Poiesis in W. B. Yeats, David Jones, and T. S. Eliot.* London: Oxford UP, 2016.

Tamplin, Ronald. *A Preface to T. S. Eliot.* London: Longman Group Limited., 1995.

Thornley, G. C. and Gwyneth Roberts. *An Outline of English Literature.* London: Longman Group Ltd., 1995.

Traversi, Derek. *T. S. Eliot: The Longer Poems.* London: Gloucester Typesetting Co., 1976.

Ward, David. T. S. *Eliot: Between Two Worlds.* London: Routledge & Kegan Paul, 1973.

Weitz, Morris. "T. S. Eliot: Time as a Mode of Salvation (1952)", ED. Bernard Bergonzi, *T. S. Eliot: Four Quartets.* London: The Macmillan Press Ltd., 1969.

(오순절 http: //100.daum.net/encyclopedia/view/b16a0956a). 2017.4.25

■ 이 글은 한국 T. S. 엘리엇학회의 학술지 『T. S. 엘리엇연구』(제27권 2호, 2017년 8월) pp57-77에 게재된 것을 일부 수정 및 보완하였음을 밝힌다.

『바가바드 기타』와
엘리엇의 「드라이 샐베이지즈」 읽기
『바가바드 기타』의 반영

들어가는 말

　엘리엇(T. S. Eliot)은 시인이며 비평가이자 극작가로 알려져 있다. 특히 그가 창작한 시는 종교적 측면은 물론 철학적 측면에서도 접근이 가능하다는 이유로 큰 관심을 모으고 있다. 그래서 본 연구는 인도의 경전인 『바가바드 기타』(*The Bhagavad Gita*)에 나타난 사상을 "엘리엇의 작품 중에서 가장 진보되었다는 『네 사중주』(*Four Quartets*)"(Stephen 293) 중 세 번째 악장인 「드라이 샐베이지즈」("The Dry Salvages")에 적용해 보는 것이다. 무엇보다도 "엘리엇 또한 『바가바드 기타』를 단테(Alighieri Dante)의 『신곡』 (*The Divine Comedy*) 다음으로 가장 위대한 철학시로 간주했는가 하면"(Dyson 91) 쿠퍼(John Xiros Cooper) 역시 "엘리엇의 「드라이 샐베이지즈」는 『바가바드 기타』와 텍스트로서 상호연관성이 있음을 주장한 바 있다"(173). 그리고 워너(Martin Warner) 역시 "엘리엇이 이종(異種) 문화 간의 효과를 보여주기 위하여 「드라이 샐베이지즈」에 『바가바드 기타』를 중심으로 설정했다"(242)고 진단한다.

그러나 중요한 사실은 이와 같은 진단에도 불구하고 엘리엇과 『바가바드기타』에 대한 보다 직접적인 상관성 연구는 현재까지 수행되지 않았다는 것이다. 다만 간접적으로만 이 둘 사이에 대한 연구가 이루어졌으며 그 선행연구들을 요약하면 다음과 같다. 먼저 해외에서는 앤더슨(Joshua Anderson)이 「센과 『바가바드 기타』: 정의의 이론에 대한 교훈」("Sen and *The Bhagavad Gita*: Lessons for a Theory of Justice")에서 센의 저서인 『정의의 이념』(*The Idea of Justice*)에 대해서 이야기하면서 『바가바드 기타』에 등장한 아르주나(Arjuna)와 크리쉬나(Krishna) 사이의 관계를 간략하게 이야기하고 있다. 그리고 고쉬(Shubha Ghosh)는 「의무, 결과 그리고 지적 재산」("Duty, Consequence, and Intellectual Property")이라는 연구를 통해서 『기타』에 나타난 윤리적·종교적 사상에 대해 토론하면서 엘리엇을 간헐적으로 언급한다. 그리고 국내에서는 최희섭의 「힌두교적 관점에서 엘리엇의 「드라이 샐베이지즈」 다시 읽기」와 양병현의 『T. S. 엘리엇: 문학과 종교 III」을 통하여 「드라이 샐베이지즈」와 『바가바드 기타』에 나타난 사상을 일부 약술한 바 있다. 이와 같은 선행 연구들을 종합해볼 때 「드라이 샐베이지즈」와 『바가바드 기타』 사이에는 상관성이 분명 존재한다는 사실을 알 수 있다.

본 연구는 『바가바드 기타』의 내용을 토대로 「드라이 샐베이지즈」를 감상하는 것이 목적으로, 『바가바드 기타』에 나타난 신과 인간 사이의 관계 및 그 관계 속에서의 우주 만물의 변화 및 이동 모습을 살펴본다. 또한 『바가바드 기타』에 나타난 인간의 고뇌와 행위 그리고 집착의 관계가 「드라이 샐베이지즈」에 어떤 모습으로 투영되었는지 알아본다.

전능자, 인간 그리고 변화

우선 「드라이 샐베이지즈」의 서두에서 "시인은 자기 분석적 어조로 인간 전체의 경험을 해설자적 입장으로 전개하면서"(Drew 177) 인간의 육안으로는 식별하기 어려운 신과 인간 사이의 관계를 이야기한다.

나는 신들에 대해서는 많이 알지는 못하지만, 강은
힘 센 갈색신이라고 생각한다. 퉁명스럽고, 야성적이고, 고집 센,
어느 정도 참을 수 있는, 처음에는 미개의 영역으로 인식되었고,
통상운송수단으로서는 쓸모가 있었지만 믿음감은 적었다.

그 때에 그것은 교량 건설가에게 당면한 하나의 문제였을 뿐이다.
일단 그 문제가 해결되자 그 갈색의 신은 도시 주민들에게
거의 잊혀졌다.

I do not know much about gods; but I think that the river

Is a strong brown god-sullen, untamed and intractable,

Patient to some degree, at first recognised as a frontier;

Useful, untrustworthy, as a conveyor of commerce;

Then only a problem confronting the builder of bridges.

The problem once solved, the brown god is almost forgotten

By the dwellers in cities. (DS I)

먼저 시적 화자는 강을 갈색 신으로 규정하고 이 갈색 신을 도시 주민들
및 교량 건설업자들과 연결시켜 독자의 흥미를 돋우어 내고 있다.[1] 우선

---

[1] 특히 "미시시피(Mississippi)와 미조리(Missouri)지역은 엘리엇에게 세계의 어떤 지역보
다도 강한 인상을 주었는데"(Crawford 12) 여기에 나타난 강에 대해서는 다음과 같은
몇 가지 분석이 있다. 첫째, "처음에는 미개의 영역으로 인식되었다"는 것은 1783년
미국이 영국으로부터 독립을 인정받았을 당시의 미시시피 강은 미국의 서쪽 경계선
이었고 1700년대 후반에서 1800년대 초기까지는 서부 영토 확장의 국경이었으며 둘
째, "통상운송수단"으로서의 미시시피 강은 증기선이 개발되기 이전에는 뗏목과 나룻
배가 사람과 상품을 뉴 올리언즈(New Orleans)와 대서양으로 운반했는데 1811년 증기
선이 출현한 이후에는 세계에서 가장 번창한 상업 수로 중에 하나가 되었으며, 세 번
째로 "교량건설업자들이 당면한 유일한 문제"란 엘리엇이 이즈 브릿지(Eads Bridge)를
지칭하는 것일 수 있으며 이 교량은 1874년에 완공된 것으로서 미시시피 강 위에 건
설된 최초의 교량인 동시에 기술적 놀라움을 보여 주었다고 한다(Hargrove 168).

신을 복수로 표현하여 다양한 종류의 신들이 존재한다는 사실을 알 수 있는데 "『바가바드 기타』의 내용이 『네 사중주』에 다양하게 반영되었다" (Headings 135)는 진단이나 "엘리엇의 「드라이 샐베이지즈」는 힌두교 (Hinduism)에서 차용되었다는 주장"(Asher 99)을 통해서 알 수 있듯이 『바가바드 기타』에도 이와 유사한 측면이 등장하고 있다.

> 태양신들과 불과 빛의 신들 그리고 폭풍과 번개 그리고 천국에서 빛나는 두 명의 전사들을 보아라. 바라타의 후손이여, 전에는 결코 볼 수 없었던 경이로움을 보아라.

> Behold the gods of the sun, and those of fire and light; the gods of storm and lightening, and the two luminous charioteers of heaven. Behold, descendant of Bharata, marvels never seen before. (*Gita* 52)

위에 나타난 바와 같이 태양과 불 그리고 빛과 폭풍 등에 이르기까지 다양한 형태의 신들이 존재한다는 사실이 『바가바드 기타』에도 나타난다. 엘리엇은 기독교 시인으로서 유일신을 믿었지만 『바가바드 기타』에 나타난 다양한 종류의 신들처럼 「드라이 샐베이지즈」에서도 역시 여러 종류의 신이 존재함을 지적한 것도 이채롭다할 수 있다. 그리고 "갈색 신이 인간의 완강한 의지를 암시하는"(Patterson 177) 통명스럽고 야성적이며 고집이 센 것으로 묘사되고 있다. 이는 "신이 인간의 감정을 소유하고 있지만 인간의 통제를 넘어선 모습"(Quinn 33)인 동시에 강 또한 "인간적 혹은 초인적인 속성을 지닌 것으로서"(Watkins 85) 이와 유사한 모습이 『바가바드 기타』에서는 다음과 같이 나타난다.

> 그러나 세상의 어리석은 자들은 그들은 내가 인간의 형상을 취할 때 나를 알지 못한다. 그들은 나의 만유의 대주재 즉 이 모든 것의 무한의 신을 알지 못한다.

> But the fools of the world know not me when they see me in my own human body. They know not my Spirit supreme, the infinite God of this all. (*Gita* 44)

세상 사람들은 신이 인간의 형상을 취할 때에는 그것을 인식하지 못한다는 것이다. 마치 위에서 갈색 신은 문제가 발생했을 때는 하나의 고민거리가 되었지만 이 문제가 해결되자 인간에게는 잊혀져가는 존재가 된다는 주장과 유사하다. 이는 인간과 우주만물의 주재자와의 관계를 나타낸다고 볼 수 있는데 일단 문제가 발생하면 인간은 신에게 의존하다가 그것이 해결되면 신을 외면하는 경우라 할 수 있다. 결국 천상계의 지배자인 신과 지상계 속의 만물 중에 하나인 인간 사이의 연결 관계를 위와 같이 나타내고 있는데 이 둘 사이의 관계가 원만하지 못한 상태―『바가바드 기타』에서는 이를 브라마부타(brahma-bhuta)상태라 칭함―라고 볼 수 있다. 다시 말해 인간과 『바가바드 기타』에 나타난 최고의 신인 브라만(Brahman)사이의 관계가 원만하지 못함을 나타낸다고 볼 수 있다. 그 결과 "원시적 공포를 회고"(Sharpe 157)시키기 위해서 갈색의 신은 "항상 달래기 힘들고, 철 따라 분노를 드러내는 파괴자인 동시에 인간이 잊고 싶어 하는 것을 회상시키는 자"로서 이중적인 속성을 지니게 된다. 여기서 주목할 것은 『바가바드 기타』 역시 브라만은 지상계는 물론 천상계에 이르기까지 온 우주만물의 창조자이지만 그 성격이 다양하게 나타난다는 것이다.

> 나는(브라만은) 모든 것을 삼켜버리는 죽음이며 다가올 모든 것의 원천이다. 나는 여성명사로서는 명예와 번성이고, 언어와 기억과 지성이며, 정절과 참을성 있는 관용이다.

> I (Brahman) am death that carries off all things, and I am the source of things to come. Of feminine nouns I am Fame and Prosperity; Speech, Memory and Intelligence; Constancy and patient Forgiveness. (*Gita* 50)

위와 같이 브라만은 부드러움과 강함, 인자함과 매정함 더 나아가 상을 주기도 하지만 벌을 내리기도 하는 이중적인 속성을 지니고 있는데 다만 브라만과의 조화가 와해되면 강은 언제든 공격이 가능함을 알 수 있으며 그 공격의 가능성이 상존(常存)하고 있음을 나타내기 위하여 "강이 우리 안에 있다"(DS I)고 한다. 바로 강, 즉 천상계 속의 갈색 신이 창조한 지상계 속의 사물들이 '불가사리, 참게, 고래의 척추' 등이며 이들이 인간의 호기심을 자극하는 데 이와 같이 신이 창조한 유물들은 "우리 인간들의 시간보다 더 오래된 시간을 의미하는 것으로서"(Gish 108) 인간이 생각하는 시간적 의미를 넘어섰음을 함축한다고 볼 수 있다. 바로 신의 시간과의 조화를 통해서 사는 것, 즉 『바가바드 기타』에 표현된 바와 같이 브라만과의 조화 속에서 살아가는 것이 인간의 유일한 목적이라 할 수 있는데 이를 지키지 못한 아쉬움이 「드라이 샐베이지즈」의 서두를 통해 나타나고 있음을 알 수 있다.

또한 "「드라이 샐베이지즈」의 주제가 시간 속에서 살아가는 인간의 여정이듯"(Traversi 153) 인생의 기준이 되는 시간에 있어서도 절대자의 시간과 우리 인간이 이해하는 그것과는 차이가 있음을 알 수 있다.

> 소리 없이 쌓이는 안개 아래로
> 울리는 종은
> 우리의 시간이 아닌 시간을 재는 것이다. 유유히 움직이는,
> 거대한 파도에 울리는 그 시간은
> 시계의 시간보다 오랜 시간, 뜬 눈으로 누워
> 초조히 가슴 태우는 여인들이 세는 시간보다
> 더 오랜 시간, 그들이 누워서 미래를 계산하고,
> 과거와 미래를 풀고 끄르고 헤치고
> 다시 이으려고 노력하는 시간보다,

한밤중과 새벽 사이에 그 때에 과거는 모두 거짓이 되고,
미래에는 미래가 없다. 그것은 새벽 오경(五更) 전,
시간이 멈추고 시간이 끝이 없는 그때.
현재 있는 그리고 태초부터 있어온 거대한 파도는
종을
울린다.

And under the oppression of the silent fog

The tolling bell

Measures time not our time, rung by the unhurried

Ground swell, a time

Older than the time of chronometers, older

Than time counted by anxious worried women

Lying awake, calculating the future,

Trying to unweave, unwind, unravel

And piece together the past and the future,

Between midnight and dawn, when the past is all deception,

The future futureless, before the morning watch

When time stops and time is never ending;

And the ground swell, that is and was from the beginning,

Clangs

The bell. (DS I)

시간이란 "인간의 시간을 의미하는 크로노스(Chronos)와 신의 시간을 의미하는 카이로스(Kairos)로 나뉠 수 있듯"[2](Frye 129-130) 단순히 '시계의 시간보다 오랜 시간'은 물리적 시간 개념을 초월한 신의 시간이 될 것이며 무엇보다도 "엘리엇에게는 크로노스와 카이로스가 공존한다고 진단하는 것처럼"(Dale 143) '여인들이 세는 시간'이란 인간이 헤아리는 시간으로서의 크로노스이며 '그보다 오랜 시간'이란 신의 시간으로서의 카이로스로서 결국 이 두 종류가 서로 공존하고 있음을 알 수 있다. 다시 말해 「드라이 샐베이지즈」에서의 시간은 인간적 기준에 따르지 않는 시간"(Ward 257)인 동시에 "영원한 시간, 즉 카이로스를 바다라는 이미지로 변형시켜"(Bush 218) 그 의미를 전달하고 있다. 부연하면 "우리의 삶 속에서 느끼는 시간과 우리가 사라진 뒤에도 계속되는 시간이 서로 대조되고 있음을 알 수 있다"(Gradner 37). 이와 같이 "엘리엇은 구체적 이미지 표현의 대가답게"(Sullivan 84) 시간을 강과 바다라는 이미지에 의존하여 정확하게 전달하고 있다.

한편 물리적 세계 속 만물의 유한성, 다시 말해 『바가바드 기타』에 나타난 지상계의 만물이란 인간을 포함하여 필연적으로 변화의 과정을 겪는 것처럼 그 변화무쌍한 모습이 「드라이 샐베이지즈」에 그대로 나타나기도 한다.

---

2) 카이로스는 "적정한 또는 알맞은 순간"을 의미하는 고대 그리스어로서 "연대기적 시간이나 연속적 시간"을 의미하며 크로노스는 "어떤 일이 발생하는 시간의 길이"를 의미한다. 특히 기독교적 의미로서의 카이로스는 헤아릴 수 없는 불확정한 시간을 의미하며 신약성서에는 81회가 등장하고 크로노스는 54회 등장한다고 한다(wikipedia).

앞으로 나아가라, 여행자들이여. 과거로부터 도피하여
다른 생활이나 미래로 들어가는 것이 아니다.
그대들은 조금 전에 그 정차장을 떠난 동일한 사람들이 아니고
또는 어느 종점에 도달할 그 사람들과 동일인들이 아니다.

Fare forward, travellers! not escaping from the past
Into different lives, or into any future;
You are not the same people who left that station
Or who will arrive at any terminus. (DS III)

지상의 모든 인간들이 순례자 또는 여행자로 비유되어 잠시잠깐의 순간에
도 지상계의 만물 중에 하나인 인간은 순간순간 변화될 수 있음을 이야기
한다. 즉, 『바가바드 기타』에 등장한 브라만과의 완벽한 조응이 성사되지
않으면 결국 모든 것은 바람 앞에 등불처럼 항상 불안하며 가변성을 보인
다는 것이다. 그래서 인간은 시간에 따라 또는 물리적 법칙에 따라 변화가
가능하다는 논리가 성립하게 되는 것이다.

사람들이 나이 듦에 따라
과거가 또 다른 하나의 패턴을 취하여 단순한 계속이나
발전으로 되지 않는 듯하다. 후자는 진화라는
피상적 관념에서 조장된 편파적인 거짓이어서,
통속적 생각에서는 과거를 부인하는 하나의 수단이 된다.

『바가바드 기타』와 엘리엇의 「드라이 샐베이지즈」 읽기: 『바가바드 기타』의 반영

It seems, as one becomes older,

That the past has another pattern, and ceases to be a mere sequence-

Or even development: the latter a partial fallacy

Encouraged by superficial notions of evolution,

Which becomes, in the popular mind, a means of disowning the past.

(DS II)

"「드라이 샐베이지즈」의 주제는 바로 시간과 그 이동"(Young 169)이라 할 수 있다. 그래서 신의 시간이란 과거는 현재를 통하여 미래로 흘러가지만 인간에게 시간이란 과거가 현재를 거쳐서 미래로 회귀하는 다시 말해 예견된 순서대로 진행되지는 않을 수도 있다는 것이다. 즉, 인간생애의 불완전성 또는 변화무쌍함을 나타낸다고 볼 수 있다. 재언하면 인간이란 전혀 예기치 못한 패턴을 유발하여 미래를 정확하게 예측할 수 없으며 오히려 과거의 의미를 퇴색시킬 수도 있을 정도로 다변화를 보인다는 것이다.

지금까지 살펴본 바와 같이 천상계의 지배자와 지상계 내(內)의 인간 사이의 관계가 『바가바드 기타』에서 그려지고 있는 것처럼 「드라이 샐베이지즈」에서도 유사하게 묘사되고 있으며 시간의 의미 역시 인간의 시간과 신의 시간은 차이가 있음을 알 수 있다.

고뇌, 집착, 그리고 그 중심에서의 행위

『바가바드 기타』의 특징 중 하나라면 인간의 고뇌와 집착 그리고 그 사이에서의 인간의 행위라고 할 수 있다. 그런데 이런 모습이 「드라이 샐베이지즈」에도 그대로 나타나고 있음을 볼 수 있다. 간단히 말해 엘리엇은 행동(action)과 비행동(inaction) 사이에 고뇌를 중심축으로 설정하고 있는데 이를 중심으로 살펴보고자 한다.

우선 「드라이 샐베이지즈」에는 고뇌의 논리가 특징적으로 전개된다.

(그것이 오해에 기인하건, 그릇된 것을 희망했건,
그릇된 것을 두려워했건 문제가 아니고),
이제 우리는 고뇌의 순간 역시 영원함을 깨닫는다.
그것이 시간이 가진 영원성 바로 그것.
우리는 이것을
우리 자신의 고뇌에서보다 우리를 포함시켜
거의 내가 체험한 것처럼 타인의 고뇌에서 더욱 잘 감지한다.
왜냐하면 우리 자신의 과거는 행동의 물결에 휩싸이지만,
다른 이들의 고뇌는 뒤에 잇따르는 회한에 의하여
변하지 않고 낡지 않은 하나의 경험으로 남아 있기 때문이다.
인간은 변화하고 미소도 변화하지만 고뇌는 지속한다.

Now, we come to discover that the moments of agony

(Whether, or not, due to misunderstanding,

Having hopes for the wrong things or dreaded the wrong things,

Is not the question) are likewise permanent

With such permanences as time has. We appreciate this better

In the agony of others, nearly experienced,

Involving ourselves, than in our own.

For our won past is covered by the currents of action,

But the torment of others remains an experience

Unqualified, unworn by subsequent attrition.

People change, and smile: but the agony abides. (DS II)

바로 "고뇌의 순간이란 『바가바드 기타』에서 묘사되고 있는 아르주나를 향한 크리쉬나의 호소와 유사한 것으로서"(Sencourt 148) 이는 곧 수행자와 브라만 사이의 깊은 영적 교감을 위한 수행의 순간이라 할 수 있다. 바로 그 순간이 영원한 순간임을 깨닫게 되는 것으로 『바가바드 기타』에 나타난 아르주나의 고뇌에 비유할 수 있다.

나는 모든 것을 파괴하는 매우 강력한 시간이다. 나는 이 인간들을 살해하기 위해 여기에 왔다. 네가 비록 싸우지 않더라도 저기 마주 선 모든 무사들을 죽일 것이다.

I am all-powerful Time which destroys all things, and I have come

here to slay these men. Even if thou dost not fight, all the warriors
facing thee shall die. (*Gita* 55)

윗부분은 『바가바드 기타』에서 크리쉬나가 아르주나에게 결코 싸움을 포
기하지 말 것을 요구하는 상황에서의 크리쉬나의 설득장면이다.[3] 사실 '매
우 강력한 시간'이란 실제로는 시간을 초월한-항구적 존재로서의 브라만
과의 조응-순간을 의미한다고 볼 수 있다.[4] 브라만은 곧 아르주나가 싸
우지 않더라도 초월적인 힘을 발휘하여 싸우게 만들고 모두를 전멸시키겠
다고 한다. 이는 아르주나의 내면의식에 대한 성찰을 크리쉬나가 요구하는
것으로서 엘리엇의 경우 변화하는 인간과 미소는 지상계 내의 만물의 변화
를 상징하는 반면에 지속되는 고뇌가 변하지 않는다는 것은 실상 『바가바
드 기타』에 나타난 깊은 수행과정을 의미한다고 볼 수 있을 것이다. 엘리
엇 역시 "「드라이 샐베이지즈」에서 『바가바드 기타』에 등장한 요가(Yoga)
의 개념을 시간 속에 존재하는 인간들의 다양한 문제에 적용한다"(Quinn

---

3) 『바가바드 기타』는 쿠루크셰트라(kurukshetra) 전쟁이라는 역사적인 사건을 무대로 한
   다. 이 전쟁이 벌어지려고 하는 순간에 판다바(Pandava)가문의 다섯 형제 중 아르주
   나와 크리쉬나 사이에 오간 대화를 적은 것이다(함석현 29). 또한 엘리엇은 「드라이
   샐베이지즈」가 출판되기 4년 전인 1937년에 『바가바드 기타』에 등장한 아르주나를
   높이 평가했다고 한다(Ricks 252). 이 사실로 유추해 볼 때 엘리엇은 「드라이 샐베이
   지즈」가 출판되기 이전부터 『바가바드 기타』에 관심이 있었음을 알 수 있다.
4) 강과 바다는 시간을 규정하는 가장 친숙한 개념으로서(Meyerhoff 16) 엘리엇 역시 그
   소재를 그대로 사용하고 있다. 엘리엇의 경우 강은 개별적 시간을 의미하고 바다는
   유사 이전의 시간으로서 영원을 의미한다(Scofield 222)고 하여 서로 대조되고 있음을
   알 수 있다.

36)고 주장하듯 시간의 한계를 벗어나지 못한 인간과 여기서 벗어나기 위한 하나의 과정인 요가를 설정하고 있다. 그래서 마치 『바가바드 기타』에 나타난 요가 수행 과정에서의 브라만과의 합일을 위한 명상의 순간처럼 바로 그 고뇌의 순간에 아트만(Atman)에 이르게 되면 위에 나타난 바와 같이 영원한 순간에 도달하게 되는 것이다. 단적으로 "『바가바드 기타』와 『네 사중주』는 자아사멸(no-self)을 인정하는 것"(Warner 242)이라 할 수 있다.

그러나 중요한 것은 고뇌나 깊은 명상만으로는 브라만과의 영적 합일이 성사될 수 없으므로 우리는 어떤 방식으로든 행동을 취해야한다. 그런데 문제는 어떤 행동을 취할 때에는 반드시 무목적성, 즉 어떤 사적 의도나 의구심이 개입되어서는 안 된다는 것이다.

> 이곳 떠나온 해안과 앞으로의 해안 사이에서
> 시간이 뒷걸음질 치는 동안, 미래와
> 과거를 동등한 마음으로 생각하라.
> 행동도 아니고 비행동도 아닌 이 순간에
> 그대들은 이것을 받아들일 수 있으리라. '죽음의 시간에
> 인간의 마음이
> 어떤 존재의 영역에 쏠리느냐―그것은 다른 사람의 생애에서
> 열매를 맺을 행동이다.
> (죽음의 시간은 매 순간이다.)
> 그리고 행동의 결과를 생각지 말라.
> 앞으로 나아가라.

Here between the hither and the farther shore

While time is withdrawn, consider the future

And the past with an equal mind.

At the moment which is not of action or inaction

You can receive this: "on whatever sphere of being

The mind of a man may be intent

At the time of death"—that is the one action

(And the time of death is every moment)

Which shall fructify in the lives of others:

And do not think of the fruit of action.

Fare forward. (DS III)

결국 위의 논리는 "행동을 포기하거나 취하는 것이 오히려 행동을 외면하는 것보다 바람직한 것으로서"(Traversi 168) 이 논리를 이해하기 위해서는 먼저 『바가바드 기타』에 나타난 행동에 대한 정의를 살펴볼 필요가 있다.

그리고 심지어 당신이 이렇게 할 수 없다면 그렇다면 나에게 헌신
함으로써 피난처를 찾고 겸손한 마음의 사심 없는 헌신으로 당신의
모든 일의 열매를 나에게 넘겨주시오.

And if even this thou art not able to do, then take refuge in devotion

to me and surrender to me the fruit of all thy work-with the selfless devotion of a humble heart. (*Gita* 60)

즉, 어떤 일을 수행할 경우에는 브라만에게 헌신하는 자세로 온전하게 자신의 모든 일을 브라만에게 의존해야 한다는 것이다. 쉽게 말해 일체의 사심 없는 행동으로 브라만에게 헌신할 것, 즉 완벽한 수행을 주장하는 것이다. 그래서 만물의 주재자인 크리쉬나와의 변치 않는 영적 교감을 통해 과거와 미래를 초월해야하며 행동도 비행동도 아닌, 즉 "신과의 조우 속에서 자아의 한계를 초월하는 상황에 도달해야하는 것이다"(Lowe 22). 이 상황은 설령 "「드라이 샐베이지즈」가 첫 번째 악장인 「번트 노턴」("Burnt Norton")만큼 추상적이지는 않지만"(Kenner 120) 「번트 노턴」에 나타난 정점(still point)의 경지와 유사한데 단지 차이점이란 "「드라이 샐베이지즈」 경우 정점을 찾는 방법이 변화무쌍한 통찰력과 범상적 행동에 의해서라는 점이다"(Smith 277). 여기서 범상적 행동이란 바로 『바가바드 기타』에 나타난 내적 포기(sannyasa)의 행동을 의미하는 것으로서 지속적인 수행을 강조하는 것이며 이를 대변하듯 「드라이 샐베이지즈」에서는 "앞으로 나아가라"고 주장한다. 그러나 지속적인 '수행의 정진'을 위해서는 다음 사항을 명심할 것을 『바가바드 기타』에서 주장한다.

> 너의 마음을 너의 일에 놓고 결코 보답에 놓지 말아라. 보답을 위해
> 일하지 말고 결코 너의 일을 멈추지 말고 계속하거라.

Set thy heart upon thy work, but never on its reward. Work not for a reward; but never cease to do thy work. (*Gita* 13)

우리가 일을 지속적으로 쉬지 말고 이어가는 것이 원칙이지만 자신의 일에 대해서는 어떤 보상 내지 보답을 원해서는 안 된다는 것이다. 한 마디로 보상 없는 전쟁이란 의미와 유사하다고 볼 수 있지만 그 전쟁을 멈춰서는 안 된다는 것이다. 그러나 『바가바드 기타』에서의 일이란 '수행'을 의미한 다는 사실을 명심할 필요가 있다. 그 수행과정에서 대부분의 인간들은 자신의 일에 대한 보상을 정당한 것으로 받아들이기 때문에 수행과정에서 보상에 대한 집착을 떨쳐 버리기가 쉽지 않으므로 엘리엇은 다음과 같이 주장한다.

인간의 호기심은 과거와 미래를 탐색하고
그 차원에 집착한다. 그러나 무시간과
시간의 교차점을 구현하는 것은
성자의 직무이다—
아니 직무라기보다 사랑과
정열과 무아(無我)와 자기 망아(忘我) 속에
일생을 사랑으로 죽는 동안에 주고받는 그 무엇이다.

Men's curiosity searches past and future
And clings to that dimension. But to apprehend

The point of intersection of the timeless

With time, is an occupation for the saint —

No occupation either, but something given

And taken, in a lifetime's death in love,

Ardour and selflessness and self-surrender. (DS V)

"인간의 호기심이 과거와 미래를 탐색한다"는 것은 실상 그 탐색 행위 자
체에 '집착'이 들어간다는 것이다. 위에서 요구하는 것은 『바가바드 기타』
에 나타난 바와 같이 집착 없는 행동이다. 즉, 집착 없는 행동을 통하여 사
랑, 열정, 무아(無我)와 망아(忘我)의 경지에 도달하는 것인데 이것이 성사
되지 못하면 일반인들은 시간과 무시간의 교차점을 구현하지 못하게 된다.
그래서 "「드라이 샐베이지즈」는 모든 부당한 욕망에서 벗어나야한다는 것
을 핵심으로 삼고 있으며"(Kenner 316) 그 욕망에서 벗어날 수 있는 존재
가 엘리엇의 경우 성자이며 『바가바드 기타』 또한 성자로 규정하고 있다.

그러나 아르주나야, 성스런 일을 하는 사람은 그것이 행해져야 하
고 이기심과 보상에 대한 생각을 버리기 때문에 그의 일은 순수하
고 평화롭다.

But he who does holy work, Arjuna, because it ought to be done,

and surrenders selfishness and thought of reward, his work is pure,

and is peace. (*Gita* 80)

한 번 더 크리쉬나가 아르주나에게 자신의 성스러운 일에 사심을 버리고 순수한 의도로—사실상 의도란 순수의식에 도달한 상태로서『바가바드 기타』에서는 이를 브라만과의 친교의 순간이라 함—수행을 이어갈 것을 요구하고 있다. 일반인들에게는 이러한 수행이 매우 어렵기 때문에 "인간의 호기심은 과거와 미래를 탐색하고 그 차원에 집착한다"고 정의한다. 그러나 성자의 경우는 차원이 다르다. 성자는 과거와 미래의 교차점을 구현할 수 있는 경지, 이른바『바가바드 기타』에서의 해탈(mukti)에 이를 수 있다는 것이다. 그래서 성자는 그 교차점을 구현하게 되는데 이 교차점의 구현이 바로 성자의 직무가 될 수 있는 것이다. 한마디로 성자는『바가바드 기타』에서 아트만으로 설명할 수 있는 상태인 무아(無我)에 이를 수 있다는 것이다. 다시 말해 본래의 자아 탐색으로서 바로 그 상태에 올라간,『바가바드 기타』의 경우 경지에 이른 상태인 해방(moksha)이 되는 것이라 할 수 있다. 그래서 엘리엇은 깊은 수행을 통해서 전능자와의 영적 교류를 위해 지속적으로 정진할 것을 주장한다.

> 오 항해자들이여, 오 선원들이여.
> 항구로 간 그대들이여, 몸으로
> 바다의 시련과 심판을, 또는 어떠한 사고라도
> 그것을 겪을 그대들이여, 이것이 그대들의 실제 목적지이다.
> 크리쉬나가 전쟁터에서
> 아르주나에게 충고했을 때도 이러했다.

고별이 아니다,
앞으로 나아가라, 항해자들이여.

        O voyagers, O seamen,
You who come to port, and you whose bodies
Will suffer the trial and judgement of the sea,
Or whatever event, this is your real destination.
So Krishna, as when he admonished Arjuna
On the field of battle.
        Not fare well,
But fare forward, voyagers. (DS III)

여기서의 "항해는 목적지는 없지만 시작과 끝이 닫힌 여정이 아니라 선원의 끝없는 항해를 의미한다"(Beehler 137). 결국 끝까지 수행의 길로 정진하되 중요한 것은 목적에 대한 집착을 버리라는 것이다. 그러나 그 최종 목적지란 인간의 육안으로 관찰 가능한 유한한 종지점이 존재하지 않으므로 목적지가 정해진 것이 아니며 엘리엇이 설정한 크리쉬나가 아르주나에게 시종일관 충고한 것은 바로 지속적인 수행을 통한 브라만과의 조화이다. 이 논리가 『바가바드 기타』에서는 다음과 같이 나타나고 있다.

내게 피난처를 찾고 세월과 죽음으로부터 해방되려고 애쓰는 사람들은 브라만을 알고 아트만을 알며 그리고 그들은 카르마가 무엇인지를 안다.

For those who take refuge in me and strive to be free from age and
death, they know Brahman, they know Atman, and they know what
Karma is. (*Gita* 38)

즉, 모든 의지처가 브라만이며 연령(세월)과 죽음을 초월해 버리고자 하는
자는 바로 최고의 신인 브라만은 물론 아트만과 카르마를 알게 된다는 것
이다. 이와 같은 브라만과 아트만 그리고 카르마는 『바가바드 기타』의 핵
심적 요소들로서 지상계와 천상계 사이의 관계를 인식하는 과정에서 이들
을 알게 된다면 모든 것을 알게 된다고 할 수 있다. 더 나아가 『바가바드
기타』에서는 더욱 더 강한 현실적 요구를 주장하고 있다.

그러므로 항상 나를 생각하고 나를 기억하고 싸워라. 정신과 이성
을 내게 맞추면 너는 진실로 내게 올 것이다.

Think of me therefore at all times; remember thou me and fight. And
with mind and reason on me, thou shalt in truth come to me. (*Gita* 40)

역시 크리쉬나가 아르주나에게 행한 주장으로서 늘 최고의 주재자에게 의
지한 채 지속적으로 수행해야 하며 수행의 업무는 아르주나에게는 『바가
바드 기타』에 나타난 바와 같이 하나의 의무(svadharma)로서 결국 사심 없

는 행동으로 자신을 변화시키는 것(nishkama karma)을 통한 해탈 또는 실
재(sat)에 이르는 것이다. 이와 같은 집착의 버림, 즉 『바가바드 기타』에 나
타난 내버림(samkhya)에 대한 강조는 엘리엇이 「드라이 샐베이지즈」를 통
하여 곳곳에서 묘사하고 있다. 엘리엇은 결국 '반드시 목적지가 있는 미래
를 생각할 수 없다'고 하여 끊임없이 전진할 것을 주장하며 「드라이 샐베
이지즈」의 마지막 종결부를 다음과 같은 논리로 마무리한다.

> 그리고 옳은 행동은
> 과거와 또한 미래로부터 해방이다.
> 대부분의 우리들에게는 이것이
> 지상에서 결코 실현될 수 없는 목표이다.
> 우리는 다만 노력하고 있기 때문에
> 좌절되지 않을 뿐이다.
> 우리는 결국에 이 현세에서 흙으로 돌아가
> (묘지 송에서 그렇게 멀지 않은 곳에서)
> 의의 있는 땅의 생명에 거름이나 되면
> 만족하리라.

> And right action is freedom
> From past and future also.
> For most of us, this is the aim
> Never here to be realised;

Who are only undefeated

Because we have gone on trying;

We, content at the last

If our temporal reversion nourish

(Not too far from the yew-tree)

The life of significant soil. (DS V)

우리는 여기서 행동과 비행동이라는 개념에 대한 정의를 재차 살펴볼 필요
가 있다. 쉽게 말해 행동이란 어떤 의식적 의도가 내포된 것이라 할 수 있
으며 비행동이란 오류를 범하여 무의식적 행동으로 오인할 수 있지만 의식
은 있으되 의도가 없는 행동으로 보는 것이 옳을 것이다. 바로 "옳은 행동
이 시간을 정복하는 길"(Gish 110)인 동시에 "『바가바드 기타』에 나타난 집
착 없는 행동을 의미하는 것이다"(Wiliiamson 227). 그런데 이와 유사한 논
리가 『바가바드 기타』에도 등장한다.

> 너의 모든 일은 신께 내어놓고 이기적인 속박들을 벗어던져라. 그
> 리고 너의 일을 하라. 그렇게 되면 심지어 바다가 연꽃잎을 얼룩지
> 게 하지 못하듯이 어떤 죄도 너를 얼룩지게 할 수 없을 것이다.

> Offer all thy works to God, throw off selfish bonds, and do thy work.
> No sin can then stain thee, even as waters do not stain the leaf of the
> lotus. (*Gita* 28)

모든 일을 신에게 의지하여 처리하며 이 과정에서 이기심이나 사심이 개입되어서는 안 된다는 것이다. 이럴 경우 특별한 목적이나 사심 없는 행동은 무결점에 도달하는 하나의 순간이 될 수 있는 것이다. 그러나 앞서의 성자들과는 달리 일반인들에게는 이러한 행동이 어렵기 때문에 결코 지상에서는 실현될 수 없는 목표가 된다(Gish 108 참조). 앞서 살펴본 바와 같이 천상계와 지상계의 조화는 그만큼 어렵기 때문에 인간이 사망 시까지 수행을 통하여 노력하되 그 조건으로는 욕망(vasana)이나 개인의 타고난 성격(svabhava)을 모두 벗어 던지고 평정(shanti)에 이르러야 한다는 것으로 볼 수 있다. 지금까지의 필자의 주장은 다음과 같이 요약될 수 있다.

> 인간은 하나의 도구이며 그는 크리쉬나에 대한 헌신에만 관심을 가져야지 육의 세계에서의 보답을 추구해서는 안 된다는 주제가 『바가바드 기타』를 통해서 반복되고 있다.

> The theme recurs throughout the *Gita*, that man is an instrument, that he mush care only for devotion to Krishna and not seek reward in the physical world. (Gish 109)

바로 「드라이 샐베이지즈」의 주제와 『바가바드 기타』가 서로 연결되어 있음을 위와 같은 평가를 통해서 충분히 알 수 있다.

나오는 말

사실 『바가바드 기타』와 「드라이 샐베이지즈」는 서로 연관성이 있음에는 틀림없지만 그 구체적인 상관성 연구는 수행되지 않았다. 본 연구를 통하여 「드라이 샐베이지즈」와 『바가바드 기타』 사이에는 긴밀한 공통분모가 형성됨을 알 수 있었다. 먼저 『바가바드 기타』에 나타난 바와 같이 「드라이 샐베이지즈」에도 역시 다양한 종류의 신이 존재한다. 그러나 그 신의 특성은 단순하지 않고 복합적인 성격을 보인다는 사실이 『바가바드 기타』와 「드라이 샐베이지즈」에 공통적으로 나타나고 있다. 또한 『바가바드 기타』에 의하면 천상계는 물론 지상계의 지배자인 브라만이 우주만물을 창조했는데 특히 인간을 포함하여 지상계의 사물은 늘 변화무쌍함을 보인다는 것이다. 그러나 그 변화무쌍함 속에서도 오로지 항상성을 유지하는 존재가 브라만인데 그와의 영적 교류를 위해서는 인간은 끝까지 행동하고 심오한 고뇌에 들어가야 한다. 그러나 중요한 것은 행동과정에는 어떤 집착이나 행동에 대한 보답이 포함되어서는 안 된다. 이는 일반인들에게는 하나의 도전이나 헤쳐 나가기 어려운 길이 될 수 있지만 성자에게는 무시간과 시간의 교차점을 구현할 수 있으므로 가능하다고 볼 수 있다. 그러나 일반인들도 사심이 포함된 욕망을 포기한 채 끊임없이 수행에 정진하면 브라만과 영적교류가 가능하다는 사실을 「드라이 샐베이지즈」와 『바가바드 기타』를 통해서 공통적으로 볼 수 있다.

참고문헌

강대건. 『T.S. 엘리엇』역, 서울: 탐구당, 1979.

양병현. 『T. S. 엘리엇: 문학과 종교 III』.서울: 한빛문화사, 2008.

최희섭. 「힌두교적 관점에서 엘리엇의 「드라이 샐베이지즈」 다시 읽기」. 『T. S. 엘
리엇연구』(한국 T. S. 엘리엇학회) 25.1(2015): 123-44.

함석헌. 『바가바드 기타』, 서울: 한길사, 1976.

Asher, Kenneth. *T. S. Eliot and Ideology*. London: Cambridge UP, 1995.

Anderson, Joshua. "Sen and *The Bhagavad Gita*: Lessons for a Theory of Justice.
*Asian Philosophy: An International Journal of the Philosophical Traditions of the
East*. 22.1(2012): 63-74.

Beehler, Michael. *T. S. Eliot, and Wallace Stevens, and the Discourses of Difference*.
London: Louisiana State UP, 1987.

Bush, Ronald. *T. S. Eliot: A Study in Character and Style*. Oxford: Oxford UP, 1983.

Cooper, John Xiros. *T. S. Eliot and the Ideology of Four Quartets*. London: Cambridge
UP, 1995.

Crawford, Robert. *The Savage and the City in the Work of T. S. Eliot*. Oxford:
Clearendon Press, 2001.

Dale, Alzina Stone. *T. S. Eliot: The Philosopher Poet*. Illinois: Harold Shaw Publishers,
1988.

Drew, Elizabeth. *T. S. Eliot: The Design of His Poetry*. New York: Charles Scribner's
Sons, 1949.

Dyson, A. E. *T. S. Eliot: Four Quartets*. London: Macmillan Press Ltd., 1994.

Gardner, Helen. *The Art of T. S. Eliot*. London: Faber and Faber, 1991.

Ghosh, Shubha. "Duty, Consequence, and Intellectual Property." *University of St.
Thomas Law Journal* 10.3(2013): 801-819.

Gish, Nancy K. *Time in the Poetry of T. S. Eliot*. London: Macmillan Press Ltd., 1981.

Hargrove, Nancy Duvall. *Landscape As Symbol in the Poetry of T. S. Eliot.* Jackson: Mississippi, 1978.

Headings, Philip R. *T. S. Eliot.* New Haven: Twayne Publishers, Inc., 1964.

https://en.wikipedia.org/wiki/kairos.

Kenner, Hugh. *The Invisible Poet: T. S. Eliot.* New York: Mcdowell, Obolensky, 1959.

_____. ed., *T. S. Eliot: A Collection of Critical Essays.* London: Prentice-Hall, Inc., 1962.

Lowe, P. "The Question of Self-Consciousness in the Poetry of Percey Shelley and T. S. Eliot." *Yeats Eliot Review* 19.3(2002): 11-26.

Mascaro, Juan. *The Bhagavad Gita.* London: Penguin Books,1962. (Abbreviated as *Gita*)

Meyerhoff, Hans. *Time in Literature.* Berkeley: The U of California P, 1974.

Patterson, Gertrude. *T. S. Eliot: Poems in the Making.* New York: Barnes & Noble Books, 1971.

Quinn, Maire A. *T. S. Eliot: Four Quartets.* London: Longman York Press, 1982.

Ricks, Christopher. *T. S. Eliot and Prejudice.* London: Faber and Faber, 1994.

Scofield, Martin. *T. S. Eliot: The Poems.* London: Cambridge UP., 1988.

Sencourt, Robert. *T. S. Eliot: A Memoir.* London: Garnstone Press Ltd., 1971.

Sharpe, Tony. *T. S. Eliot: A Literary Life.* Macmillan Press Ltd., 1991.

Smith, Grover. *T. S. Eliot's Poetry and Plays: A Study in Sources and Meaning.* Chicago: The U of Chicago P.,1974.

Stephen, Martin. *English Literature: A Student Guide.* London: Longman Press Ltd., 2000.

Sullivan, Sheila. ed., *Critics on T. S. Eliot.* London: George Allen and Unwin, 1978.

Traversi, Derek. *T. S. Eliot: The Longer Poems.* New York: Harcourt Brace Jovanovich, 1976.

Ward, David. *T. S. Eliot: Between Two Worlds.* London: Routledge and Kegan Paul, 1973.

Warner, Martin. "Philosophical Poetry: The Case of *Four Quartets.*" *Philosophy and Literature* 10.2(1986): 222-245.

Watkins, Floyd C. *The Flesh and The World: Eliot, Hemingway, Faulkner.* Nashville: Vanderbilt UP, 1971.

Williamson, George. *T. S. Eliot: A Reader's Guide to A Poem by Poem Analysis.* New York: The Noonday Press, 1960.

Young, Robyn V. ed., *Poetry Criticism.* Detroit: Gale Research Inc., 1991.

■ 이 글은 한국 T. S. 엘리엇학회의 학술지 『T. S. 엘리엇연구』(제26권 1호, 2016년 4월) pp33-56에 게재된 것을 일부 수정 및 보완하였음을 밝힌다.

엘리엇의 『네 사중주』와 다른 시들 읽기: 종교, 철학, 심리학적 접근

영원한 고독, 요가 수행으로 『네 사중주』 읽기

Descend lower, descend only

Into the world of perpetual solitude.

더 아래로 내려가라 다만

영원한 고독의 세계로

들어가며

우주에는 실제로 유형이든 무형이든 하나의 중심체가 존재할까라는 궁금증은 예나 지금이나 풀리지 않고 있다. 사실 '실체의 존재 유무에 대한 입증'이 문제인데 그 이유는 우리가 육안으로 직접 관찰하여 증명한다는 것 자체가 어렵기 때문이다. 그럼에도 불구하고 다양한 종교들이 '실체가 존재한다'는 가정 하에 여러 가지 주장을 내세우고 있다. 기독교에서는 우주 만물은 하나님(God)에 의해 창조되었으며 그의 섭리에 따라 그것이 이동과 변화를 겪는다고 한다. 그리고 인도의 경전들인 『우파니샤드』(*The Upanishads*)와 『바가바드 기타』(*Bagavad Gita*) 역시 우주만물에는 하나의 중심축이 존재하는데 그것을 브라만(Brahman)으로 설정하고 있다. 이 브라만을 곧 기독교의 하나님과 동일한 존재로 간주할 수도 있다는 주장이 있다(Mascaro 11). 다시 말해 브라만은 기독교의 하나님과 마찬가지로 우주만물의 창조자인 동시에 통치자라고 할 수 있다. 그렇기 때문에 브라만과 소통하는 것이 최상의 삶을 유지하는 것이라 할 수 있다. 그렇다면 과연 브라만과 어떻게 소통할 수 있을까? 이 질문에 대한 해답을 『우파니샤드』에서는 요가(Yoga)에서 찾고 있다(Mascaro 13). 바로 요가를 통해서만 브라만과의 합일이 성사될 수 있다고 보는 것이다.

사실 엘리엇 또한 자신의 시는 인도의 사상과 감성의 영향을 인정했다고 한다(Quinn 재인용 9). 바로 사상과 감성의 영향에 대해서는 『네 사중주』(*Four Quartets*)에 그대로 나타난다.

그것(『네 사중주』)은 그 각각의 악장들이 마음의 이동 즉 정신적 탐구의 현상을 전달하는 정확성에 있다는 것이 가장 중요하다.

Most importantly, it[*Four Quartets*] lies in the accuracy with which the poems convey a movement of the mind, the form of mental exploration. (Gish 92)

『네 사중주』의 핵심 중 한 가지를 정확하게 진단하고 있다. 즉, 『네 사중주』를 감상하기 위한 최상의 조건은 시 속에 나타난 심령이나 영혼의 이동현상, 즉 심오한 정신적 현상을 탐구하는 것이라 할 수 있다. "주의 깊게 살펴보아야 할 시"(Callow and Reilly 86)라는 평가에서 알 수 있듯 사실 『네 사중주』만큼 난해한 시는 드물 것이다. 그 이유 중에 하나가 바로 인간의 정신 현상 또는 깊은 내면의식에 대한 탐구가 필요하기 때문이다. 그래서 본 글에서는 인간의 정신 현상 탐구의 일환으로서 요가와 신과의 관계 및 요가를 통한 신과의 조응모습을 살펴보는 것이 목적이다.

요가 그리고 절대자와의 만남

먼저 요가를 간략하게 정의한다는 것은 쉽지는 않지만 무엇보다도 우리의 감각과 관련 있으며 우주 만물의 통치자인 브라만의 존재를 수용하는 곳에서 출발한다고 볼 수 있다.

이러한 감각의 평온한 안정을 요가라고 부릅니다. 그렇게 되려면 우리는 요가란 오고가기 때문에 경계해야합니다.
말씀과 생각은 그에게 이를 수 없으며 그는 육안으로도 보여질 수 없습니다. 그렇다면 '그가 존재합니다'라고 말하는 사람을 제외하고는 어떻게 그가 인식될 수 있습니까?
'그는 존재합니다 '라는 믿음 속에서 그의 존재가 인식되어야하

고 그는 그의 본질 속에서 인식되어야 합니다. '그가 존재합니다'처
럼 그가 인식될 때 그때 그의 본질적 계시를 밝혀줍니다.

This calm steadiness of the senses is called Yoga. Then one should
become watchful, because Yoga comes and goes.

    Words and thoughts cannot reach him and he cannot be seen by
the eyes. How can he then be perceived except by him who says 'He
is'?

    In the faith of 'He is' his existence must be perceived, and he must
be perceived in his essence. When he is perceived as 'He is', then
shines forth the revelation of his essence. (Mascaro 65-66)

결국 감각에 있어 최고로 평온한 상태가 요가의 목표인데 위에 나타난 '그'
는 브라만을 지칭하는 것으로서 브라만이 존재한다는 사실을 수용하고 인
식할 때에만이 그와의 만남이 성사될 수 있다는 것이다. 사실 인간을 지배
하고 통제하는 존재가 정말 신일까라는 의문은 시대를 불문하고 지속적으
로 논란의 대상이 되어 왔지만 인도에는 신의 존재를 먼저 인식해야한다는
전제 조건과 더불어 요가를 통한 브라만과의 조화가 우리 인생의 최상의
목적이라 정의한다. 그런데 그 수행과정에서의 급선무는 개인적 자아 또는
사적 자아의 변형이라고 할 수 있는데 흥미롭게도 이와 유사한 모습이 엘
리엇의 경우에도 뚜렷하게 나타난다.

그곳에 도달하자면,

그대가 있는 그 곳에 도달하자면, 그대가 있는 지 않은 그곳에서 빠

져 나가자면,

그대는 환희가 없는 길을 가야 한다.

그대가 모르는 것에 이르자면

그대는 무지의 길로 가야 한다.

그대가 소유치 않은 것을 소유코자 한다면

그대는 무소유의 길을 가야 한다.

그대가 아닌 것에 이르자면

그대가 있지 않는 길로 가야 한다.

그리고 그대가 모르는 것이 그대가 아는 유일한 길이고,

그대가 갖는 것은 갖지 않은 것이고,

그대가 있는 곳은 그대가 있지 않은 곳이다.

In order to there,

To arrive where you are, to get from where you are not,

You must go by a way wherein there is no ecstasy.

In order to arrive at what you do not know

You must go by a way which is the way of ignorance.

In order to possess what you do not posses

You must go by the way of dispossession.

In order to arrive at what you are not

You must go through the way in which you are not.

영원한 고독, 요가 수행으로 『네 사중주』 읽기

And what you do not know is the only thing you know

And what you own is what you do not own

And where you are is where you are not. (EC III)

매우 역설적인 논리이지만 요가 수행을 통하여 브라만을 만나기 위한 조건들이 위와 같이 조목조목 나열되어 있다. 진정으로 참된 요가 수행의 조건으로는 현재와는 반대되는－어찌 보면 우리의 현실적 감각을 모두 제외 또는 외면해야 함을 강조한다고 볼 수 있는－가정들이 강한 단정의 형식에 의존된 채 나열되고 있다. 바로 요가를 통한 브라만과의 조화의 정점에 도달하기 위해서는 환희가 없는 곳을 선택하고 무지의 길과 무소유의 길을 선택해야 한다는 것이다. 바로 앞서 언급한 것처럼 브라만의 존재에 대한 인식과정이 단순히 말씀과 생각만으로는 이루어질 수 없는 것처럼 그의 존재를 깨닫기 위해서는 물욕과 사리사욕은 물론 개인의 생각 역시 내려 놓아야한다는 것이다.

한편 브라만과의 합일 조건이 나열된 후 후반부에는 브라만과의 합일이 성사된 순간으로서 '그대가 아는 유일한 길이고', '갖지 않은 것'이며 '그대가 있지 않은 곳' 등이 나열되고 있다. 종합해보면 이는 모두 자아를 포기해야만 실제적 의식 또는 참된 의식에 들어갈 수 있다는 것이다.[1]

---

1) 물론 이와 같은 논리는 기독교 성경에서 예수가 제자들에게 "누구든지 나를 따라오려거든 자기를 부인하고 자기 십자가를 지고 나를 따를 것 이니라"(「마태복음」 16:24)는 주장과 유사하며 특히 이 부분은 "영적 강건함은 고난과 정화(purification)을 통해서만 가능하다는 기독교적 역설에 근거하고 있다"(Quinn 30)는 평가에서 자기 정화의 중요

무(無)자아와 무의식으로부터 의식으로 그리고 이 상태에서 최상의 의식으로 올라갈 때에는 무욕(無慾)의 과정이 있습니다. 선행에 자아가 더욱 더 망각되면 될수록 자아도 더 망각되며 미와 진리의 실현 속에서도 전개의 과정은 더욱 빨라집니다.

In the rising from non-Self, from unconsciousness to consciousness, and from this to supreme Consciousness, there is a process of unselfishness. The more the lower self is forgotten in good works, and in the realization of the beautiful and the true, the quicker becomes the process of evolution. (Mascro 13)

여기서 또한 사심의 포기와 자아의 불인정 심지어 무아(無我) 상태에서의 자아의 인식이 실제적으로 참된 자아의 인식 상태임을 강조하고 있다. 이 표현에는 개인의 성격적 특성에 있어서 또는 좀 더 나아가 모든 인간의 속성을 가능한 배제하고 선하고 보다 높은 이상의 실현을 위한 노력을 함축한다고 볼 수 있다. 이는 결국 위에 나타난 바와 같이 개성 혹은 인간의 속성을 완벽하게 포기해야 한다는 것으로서 그 자체가 용이하지 않음을 의미한다. 결국 인간의 속성을 내려놓고 브라만과 혼연일체가 될 것을 요구하는 것이라 할 수 있는데 엘리엇은 다음과 같이 그 과정을 설정한다.

성을 강조함을 알 수 있다.

우리는 끊임없이 움직여
더욱 높은 결합과 더욱 깊은 영적 친교를 위하여
또 다른 강렬함 속으로 들어가야 한다.
캄캄한 찬 곳과 공허한 황폐지를 통과하여
파도소리, 바람소리, 바다제비와 돌고래의
대해원을 통하여 가야만 한다. 나의 종말에 나의 시작이 있다.

We must be still and still moving
Into another intensity
For a further union, a deeper communion
Through the dark cold and the empty desolation,
The wave cry, the wind cry, the vast waters
Of the petrel and the porpoise. In my end is my beginning. (EC V)

더욱 높은 결합과 더욱 깊은 영적 친교란 브라만과 최상의 조화를 성취하기 위한 요가 수행과정을 의미하는데 이 과정에서 대면할 수 있는 단계들이 바로 '캄캄한 찬 곳'이며 '공허한 황폐지'이고 '파도소리, 바람소리, 바다제비 등이 살고 있는 대해원을 통과하는 것'이다. 이와 같은 쉽지 않은 단계들을 통과해야만 우리는 참된 존재에 이르러서 브라만과의 합일이 가능한데 이 과정이 순탄치는 않다는 것을 함축하며 특히 브라만과 합일이 성사된 순간, 바로 이 순간을 해탈이라고도 할 수 있는데 "이 해탈은 죽음이 아니라 죽음을 제압한 승리이며 소생인 동시에 부활이 된다"(Mascaro 14)[2]

는 점에 의의가 있다.

한편 '참된 자아 찾기'를 위해서는 극기 또는 자기 통제가 필요한데 그 과정이 『우파니샤드』에도 그대로 나타난다.

> 이러한 극기력과 지성 그리고 정신적 에너지가 선의에 도움이 되고 사랑에 도움이 될 때 그때 인간은 브라만으로 통하는 길로 빨리 진보할 수 있습니다. 정신력과 에너지 그리고 극기가 선의에 도움이 되지 않을 때에는 역사, 문학, 지혜 그리고 현대 세계의 일상적인 사건들은 그 결과가 무엇인지를 우리에게 말해 줍니다.

> When this power of self-control, and intelligence and mental energy are at the service of a good will, at the service of love, then a man can make quick progress on the path that leads to Brahman. When mental powers, and energy and self-control are not at the service of a good will, then history, literature, wisdom, and the daily events of the present world, tell us what are the results. (Mascaro' 39)

단적으로 자기 통제 및 지성과 우리의 정신적 에너지 또한 선행이 그 전제조건이며 이 조건이 성사될 경우에야 비로소 브라만과 소통이 가능하다는

---

2) 해탈의 경지에 이른 또 다른 경우로는 1) 모든 변화되는 것을 외면할 때 2) 최후의 해방에 도달할 때 3) 마치 한 개의 물방울이 바다 속에 흡수되어 보이지 않는 것처럼 우리의 작은 자아가 더 큰 자아 속에 흡수되어 흔적을 보이지 않을 때(Mascaro' 14)라고 보기도 한다.

것이다. 이 논리에 부합되지 않으면 세상의 모든 일은 옳지 못한 결과를 초래하게 된다는 것으로서 우리의 영적 에너지는 물론 육체적 에너지 또한 선의와 사랑을 위해 노력해야하며 이 모든 것이 참된 요가를 통해서만이 가능함을 알 수 있다. 결국 진정한 자아와 브라만과의 관계 형성이 가장 중요한 모티브라고 할 수 있으며 바로 그 브라만과의 만남을 위해서는 우리 자신의 절대적인 자아인 동시에 생명의 신비이며 영혼의 빛이라 할 수 있는 아트만(Atman)에 이르러야 한다[3](Mascaro 16)고 볼 수 있다.

많은 학문을 통해서는 아트만에 이를 수 없고 지성이나 성스런 가르침을 통해서도 이를 수 없습니다. 그것은 그를 선택함으로써 이를 수 있습니다. 왜냐하면 사람들이 그를 선택하기 때문입니다. 그를 선택한 사람에게 아트만은 자신의 영광을 드러냅니다.
악한 방법이 버려지지 않으면 심지어 깊은 지식을 통해서조차도 아트만에 이를 수 없으며 그래서 감각의 휴식과 마음의 집중 그리고 우리 가슴의 평화가 있습니다.

Not through much learning is the Atman reached, not through the intellect and sacred teaching. It is reached by the chosen of him—

---

[3] 아트만이란 모든 힌두 철학파에 공통적으로 사용되는 용어로서 자아(self), 영혼(soul), 본질적 자아(the essential self), 참 자아(the true self), 현상과의 일체성을 능가한 개인의 자아(self of an individual beyond identification with phenomena), 개인의 본질(the essence of an individual) 등으로 다양하게 정의된다(https://en.m.wikipedia.org.) wiki) Atman). 이러한 정의들은 단적으로 '참된 자아 찾기'라고 요약할 수 있다.

because they choose him. To his chosen the Atman reveals his glory.

Not even through deep knowledge can the Atman be reached,
unless evil ways are abandoned, and there is rest in the senses,
concentration in the mind and peace in one's heart. (Mascaro 60)

진정한 자아, 즉 아트만에 이르기 위한 조건은 학문이나 사상 그리고 지식
이 아니다. 브라만을 선택해야만 그것이 가능하다는 것이다. 그러나 한 가
지 참된 아트만을 발견할 수 있는 조건이 악의 포기—여기서 악이란 선악
에서의 악의 개념은 물론 개인적 자아 또는 사적 이기심의 억제라고도 볼
수 있다—라고 할 수 있다. 그 효과로서 엘리엇은 감각의 휴식 및 마음의
집중현상 그리고 가슴의 평화가 출현함을 표현하고 있다(BN III 참조). 특
히 "감각에 의해서는 브라만과의 합일이 불가능하기 때문에"(Mascaro 49)
감각의 휴식이란 감각 작용의 정지 상태로서 엘리엇은 "감각 세계의 건조
지대"(Desiccation of the world of sense. BN III)라고 표현하고 있다.

사실 우리가 브라만과의 합일을 위해서는 우리의 영적 또는 내적인
삶이 중요하다고 볼 수 있다. 그 이유는 이러한 삶의 모습에는 또 다른 특
별한 것이 존재하기 때문이다.

여기 우리의 내부 세계에는 자연법과 시공의 법칙에 제약받지 않는
것이 있습니다. 우리 영혼의 가장 깊숙한 곳에는 영의 세계가 있고
'하나님의 영이 있는 곳에 자유가 있습니다.' 그러나 우리가 하나님

의 영과 우리의 아트만 그리고 우리 자신의 자아를 부인할수록 그
만큼 더 우리는 제약을 받습니다.

Here in our inner world there is something which is not bound by
the laws of nature, by the laws of time and space. In the inmost of
our soul there is the world of the Spirit: 'Where the Spirit of the Lord
is, there is liberty.' But the more we deny the Spirit of the Lord, our
Atman, our own self, the more are we bound. (Mascaro 20)

결국 우리 자신의 내면적 삶의 형태, 즉 인간 내면 깊은 곳에는 자연이나
시공의 법칙에 구애되지 않는 것이 존재하는 데 그것이 바로 영(靈)의 세계
이며 이 세계는 자유로운 세계로서 하나님과 조우된 순간에서 비롯되는 자
유라고 할 수 있다. 이 순간에 도달하기 위해서는 끊임없는 요가 수행이
필요하다고 볼 수 있다. 사심과 이기적 욕구 등이 마음에서 떠나게 될 때
비로소 이와 같은 경지에 이른다고 볼 수 있는데 바로 진정한 요가를 통해
야만 참된 자아와 세계의 창조물과 하나가됨을 알 수 있다.

순간적 의식도 아니고 명백히 깊은 잠의 허무함도 아니며 미몽의
모호함이 아닌 영혼의 깊은 침묵 속에서 인간은 자신과 하나가 될
수 있다는 말을 우리는 반복적으로 듣는다. 그러나 인간은 자신의
의식적 배경, 즉 자신의 영혼의 중심과 하나가 될 때, 그 때 인간은
자기 자신, 즉 자신의 자아와 하나가 된다. 인간이 신과 하나가 될

때에만 그는 자신과 통일되며, 자신과 모든 천지만물과 하나가 된다.

We are told again and again that in the deep silence of the soul man can be in union with himself: not with his transitory consciousness, not with the apparent nothingness of deep sleep, not with the vagueness of dreams; but when man is in union with the background of his consciousness, the centre of his soul, then he is union with himself, his own Self: only when man is in union with God is he in union with himself, one with himself and with all creation. (Mascaro 25)

깊이를 측량할 수 없을 정도로 심오한 요가에 몰입하면 인간은 자신과 하나가 되어 실제적이고 내면의식이 지속적인 운동을 수행하는 단계에 이르는데 마치 엘리엇의 경우 "중국의 자기가 항상/ 고요 속에서 움직이는 것과 같은"(as a Chinese jar still/ Moves perpetually in its stillness. BN V) 상태에 이르게 되는 단계와 유사하다. 즉 엘리엇이 묘사하고 있는 정중동(靜中動)의 모습이라 할 수 있는데 이는 브라만의 뜻과 조화될 경우에는 자아는 물론 만물과도 조화가 이루어진다는 논리와 흡사한 것이다. 엘리엇의 「번트 노턴」("Burnt Norton")은 "시간을 단순히 지속(continuum)으로 간주하는 견해와 인간이 시간 안팎에서 살아가는 방법 다시 말해 인간은 끊임없는 변화 속에서 살아가지만 시간 내(內) 또는 시간을 초월한 무시간적 존재를 감지함으로써 영원에 이른다는 기독교적 시각 사이에 서로 대조적인 양상을 보인다"(Matthiessen 183)는 특징이 있다. 환언하면 변화 속에 있는 인간이 하나님의 뜻에 순종해야만 비로소 '제1의 동인(動因, first mover)'을 상징하는 하나님"(Smith 258)과 소통이 가능하다는 것이다. 이와 같은 논리가『우파니샤드』에서는 다음과 같이 묘사된다.

> 죽음. 나는 당신께 모든『베다』가 찬미하고 모든 자기희생이 표현하며 모든 성스런 연구와 성스런 삶이 추구하는 '말씀'을 해드리겠습니다. 그 '말씀'이 옴입니다.
> 그 '말씀'은 영원한 브라만이고 그 '말씀'은 최상의 목적입니다. 그 성스런 '말씀'을 알게 될 때 모든 갈망이 성취됩니다.
> 그것은 최상의 구원수단이며 최상의 도움입니다. 그 위대한 '말씀'을 알게 될 때 우리는 브라만의 천국에서 위대해 집니다.

> Death. I will tell you the Word that all the Vedas glorify, all self-sacrifice expresses, all sacred studies and holy life seek. That Word is OM.
> That Word is the everlasting Brahman: that Word is the highest End. When that sacred Word is known, all longings are fulfilled.
> It is the supreme means of salvation: it is the help supreme. When that great Word is known, one is great in the heaven of Brahman.
> (Mascaro 59)

옴(OM)이란 사실 기독교에서의 '아멘'(amen)과 유사한 것으로서 하나님의 뜻에 초점을 맞추어 그의 의지대로 행하는 것을 의미한다. 앞서 언급한 바와 같이 '자아 포기'와 유사하다고 볼 수 있다. 그 이유는 기독교에서는 '주의 뜻대로 하옵소서'라는 의미와 유사하기 때문이다. 그런데 힌두교의 경우에도 마찬가지로 옴이란 영원한 브라만이고 인생의 최고 목적이라 할 수 있는데 진정한 요가 수행을 통해 브라만의 존재를 인정하고 그의 의지에 순종하면 구원을 얻을 수 있고 모든 소원이 이루어질 수 있기 때문에 심오한 요가 수행이 절대적이라 할 수 있다. 엘리엇의 경우 그 참된 요가 수행의 결과가 다음과 같이 나타난다.

> 실제적 욕망으로부터의 자유,
> 행동과 고뇌로부터의 해방. 내적, 외적인
> 제약으로부터의 해방. 그러나 그것은 감각의 은총에
> 싸여, 정중동의 흰 빛,
> 동작 없는 '앙양', 배제 없는 집중,
> 부분적인 법열이 완성되고
> 부분적인 공포가 해소되는 데서
> 새 세계와 낡은 세계가
> 뚜렷해지고 동시에 이해된다.

> The inner freedom from the practical desire,
> The release from action and suffering, release from the inner

And the outer compulsion, yet surrounded

By a grace of sense, a white light still and moving,

Erhebung without motion, concentration

Without elimination, both a new world

And the old made explicit, understood

In the completion of its partial ecstasy,

The resolution of its partial horror. (BN II)

참된 요가를 통해 브라만과 합일 된 순간의 효과가 다양하지만 정확하게 묘사되고 있다. 그 순간이 바로 실제적 욕망에서 자유로워지고, 행동과 고뇌로부터 해방되며, 내외적인 제약이 없어지고, 정중동의 흰빛 상태가 이루어지고, 부분적인 공포가 해소되어 결국 새로운 세계에 대한 분별력이 생기고 낡은 세계를 이해할 수 있게 되는 것이다. 어디까지나 자기 정화를 통한 하나님과의 합일이 최우선으로서 이와 유사한 논리가 그대로 나타난다.

회전하는 세계의 정지하는 일점에, 육도 비육도 아닌

그곳으로부터도 아니고 그곳을 향하여서도 아닌, 정지점 거기에 춤
　이 있다.

정지도 운동도 아니다. 고정이라고 불러선 안 된다.

과거와 미래가 합치는 점이다. 그곳으로부터 또는 그곳을 향한 운
　동도 아니고,

상승도 하강도 아니다. 이 점, 이 정지점 없이는

춤은 없다. 거기에만 춤이 있다.

At the still point of the turning world. Neither flesh nor fleshless;

Neither from nor towards; at the still point, there the dance is,

But neither arrest nor movement. And do not call it fixity,

Where past and future are gathered. Neither movement from nor

  towards,

Neither ascent nor decline. Except for the point, the still point,

There would be no dance, and there is only the dance. (BN II)

"육도 없고 육욕을 완전히 떨쳐 버린 것도 아닌" 그리고 "출발지와 목적지가 아직 정해지지 않은" 단적으로 요가 정진 과정에서 발생할 수 것과 유사한 상황이 연출되고 있다. 그러나 그곳을 정지된 상태, 즉 위에 나타난 바와 같이 고정이라고도 불러서는 안 된다. 왜냐하면 '육(肉)'에 의존하게 되면 이동 또는 변화를 보이는, 즉 '가변성'에서 해방될 수 없는 반면에 '영(靈)'에 의존하게 되면 브라만과 지속적인 소통이 이루어지기 때문에 고정이 될 수 없는 것이다. 쉽게 말해 절대자와의 소통의 순간은 지속적인 자아 포기와 순응을 통하여 이루어지기 때문에 '육'에 속하지도 않고 그렇다고 '육'을 벗어난 상태도 아닌 그렇다고 정지도 아니고 고정이라고는 더더욱 명명할 수 없는 상태가 되는 것이다. 쉽게 설명하긴 어렵지만 하나의

'주문'(incantation)과 같은 순간이라고 할 수 있다. 부쉬(Ronald Bush)는 이와 같은 상황을 다음과 같이 설명한다.

> 우리는 이와 같은 주문 속에서 의도하는 자아와 보다 깊은 무언가와의 충동 사이에 모순을 감지한다.
>
> We feel in this incantation a contradiction between the self that wills and the impulses of something deeper. (202)

즉, 무언가를 하려는 내적 의도를 갖는다는 것 자체가 좀 더 심오한 어떤 것을 얻을 수 없는 상태를 유발한다는 것이다. 이는 지금까지 이야기하고 있는 '자아의 내적 의도 포기'를 단적으로 요약하고 있는 것이다.

한편 어디까지나 이러한 가정들은 모두 요가 수행자의 상상력에 의해서만 가능하기 때문에 요가 수행에서는 그것이 핵심을 차지한다.

> 모든 정신적·시적 비전은 상상력에서 나옵니다. 왜냐하면 상상력은 영혼의 빛이기 때문입니다. 상상력이 없다면 우리는 신앙을 가질 수 없습니다. 왜냐하면 '신앙은 바라는 것들의 실상이고 보이지 않는 것들의 증거이기 때문입니다' . . . 그러나 상상력은 환상이 아닙니다. 타고르(Rabindranath Tagore)가 "상상력이 강하면 강할수록 그것은 덜 상상적이다"라고 말한 바와 같습니다. 환상들은 마음을 혼란시키고 그리고 이들은 파괴를 초래할 수 있지만 상상력은 이성

의 도움으로 건설로 이끄는 내적 빛입니다.

Every spiritual and poetical vision comes from imagination: because imagination is the light of the soul. Without imagination we cannot have faith, because 'Faith is the substance of things hoped for, the evidence of things not seen.' . . . But imagination is not fancy. As Rabindranath Tagore says, 'The stronger is the imagination, the less imaginary it is'. Fancies disturb the mind and they may lead to destruction; but imagination is an inner light which with the help of reason leads to construction. (Mascaro 26-27)

바로 상상력은 우리 영혼의 발현장치 내지는 현현장치라고 할 수 있다. 깊은 요가를 통한 새로운 이미지의 형상이 상상력에 의해 외부로(의식적) 발현되는 것인데 결국 중요한 것은 의식적 세계이므로 이성적 판단이나 우리의 육안으로는 명확히 분별할 수 없는 것이다. 여기서 우리는 공상과 상상력을 구분할 필요가 있다. 상상력이 영혼의 빛이라면 공상은 마음의 동요를 유발하는 다시 말해 진정한 요가 수행에 방해가 되는 요소인 동시에 우리를 파괴의 늪으로 인도할 수 있다. 그래서 엘리엇 역시 '공상'을 경계한다.

더 아래로 내려가라 다만 영원한
고독의 세계로

세계가 아닌 세계, 아니 세계가 아닌 그곳으로,

내부의 암흑으로, 그 곳 소유물이

상실되고 없는 곳,

감각계의 고갈,

공상계의 소거,

정신계의 활동정지.

이것이 한 길이고, 다른 길도

동일하다, 그 길은 운동에 의하지 않고,

운동에서의 이탈에 의하여 가는 길, 그러나 세계는 욕망 속에서

움직인다. 과거의 시간과

미래의 시간의 철로 위를.

Descend lower, descend only

Into the world of perpetual solitude,

World not world, but that which is not world,

Internal darkness, deprivation

And destitution of all property,

Desiccation of the world of sense,

Evacuation of the world of fancy,

Inoperancy of the world of spirit;

This is the one way, and the other

Is the same, not in movement

But abstention from movements; while the world moves

In appetency, on its metalled ways

Of time past and time future. (BN III)

위에 나타난 논리는 "엘리엇의 영적 전개과정에 있어서 고행(asceticism)이 얼마나 중요한가를 강조하는 것이다"(Scofield 209). 이 평가는 필자의 생각과 동일한 것으로서 철저한 자아 배제를 요구하는 것이라 할 수 있다. 결국 "내려가라. 내려가라 고독의 세계로"라며 엘리엇은 "명상의 형식을 사용하여 기도 혹은 권유하는 방식으로 표현한다"(Moody 144). 그러나 내려가는 최종 목적지의 깊이나 그 한계는 어느 누구도 측정할 수 없다. 다만 최종 목적지에서 브라만과 합일이 성사되면 그곳에는 '모든 소유물이 상실되어 존재하지 않고', '감각조차 건조해지고', '공상 세계도 사라지며', '활동을 중지한 정신세계'가 멋지게 펼쳐지는 것이다.4) 아주 정확한 이미지로 요가를 통해 최종적으로 브라만과 조화된 모습이 그려지고 있다. 도노휴(Denis Donoghue)는 "윗 내용에서 핵심어는 소거하기(evacuation)이며 또한 하강(descend)이란 소유물, 감각, 환상, 심지어 영혼을 굴복시키고자하는 모든

---

4) 이해를 돕기 위해 부연하면 영원한 고독의 세계는 깊은 요가 수행 중에 혼자만의 브라만과의 만남 단계이며 '감각조차 건조해지고'에서의 감각은 육체적으로 느낄 수 있는 모든 감각은 물론 우리가 이성적으로 판단하는 그 판단 기준에 의해 산출된 옳고 그른 일들까지 포함한다고 볼 수 있다. 그리고 '정신세계 역시 활동을 중지한 상태, 이 표현 역시 우리가 주의할 필요가 있는데 단순히 정신 활동이 중지되어 모든 사물에 대한 분별력이 사라진 것을 의미한다기보다는 브라만과의 일순간의 최적 합일된 순간이라고도 볼 수 있다.

욕망조차도 비워버리는 것을 의미한다"(218)고 주장한다. 단적으로 '모든 내적 욕망 혹은 의도의 포기'를 주장하고 있는 것이다. 그런데 문제는 '세계는 욕망 속에서 지속적으로 움직이고 있으니'라고 하여 우주 만물을 창조한 브라만과의 합일이 성사되지 못하고 있음을 암시하고 있다. 환언하면 앞선 마티센(F. O. Matthiessen)의 주장처럼 우리 인간은 늘 시간에서 벗어나지 못하고 있으므로 과거와 미래가 구분될 수 없는 세계, 즉 무시간(timeless)으로 진입해야함을 강하게 주장하는 것이다. 바로 "엘리엇은 무시간을 통하여 인간과 하나님 사이에서 시간의 안팎의 합일점에 가장 관심을 두고 있다"(Tamplin 154)는 진단이 설득력을 얻게 될 것이다. 그런데 이러한 무시간을 엘리엇은 '사랑'으로 설정하고 있다.

> 패턴의 세부는 운동이다.
> 열 개의 계단의 비유에서처럼.
> 욕망 자체는 동이고
> 그 자체는 좋지 못하다.
> 사랑은 그 자체가 동이 아니고
> 시간의 영역이
> 비존재와 존재 사이의
> 한계의 영역에 속하지 않으면
> 다만 동의 원인이고 궁극일 뿐,
> 초 시간이고, 욕망이 없다.

The detail of the pattern is movement,

As in the figure of the ten stairs.

Desire itself is movement

Not in itself desirable;

Love is itself unmoving,

Only the cause and end of movement,

Timeless, and undesiring

Except in the aspect of time

Caught in the form of limitation

Between un-being and being. (BN V)

욕망 그 자체가 깊은 요가 수행을 통하여 브라만과 합일이 성사되어야 하
는데 인간이 사적 또는 내면적인 욕망을 중심으로 삼고 있기 때문에 바람
직하지 못하며 그래서 여기서 탈피해야 함을 이야기하고 있다. 그러나 욕
망과는 대조적으로 사랑은 그 자체가 모든 것을 포용할 수 있는 어찌 보면
어떤 행위를 유발시킬 수 있는 원인이 되기 때문에 동의 원인인 동시에 시
간의 범주를 벗어났다고 볼 수 있다. 환언하면 사랑은 만물의 중심이며 변
치 않는 존재인 동시에 만물을 이동시키거나 힘을 가해 변화를 유발시킬
수 있는 원동력이 된다고 할 수 있다. 기독교에서는 하나님의 아들임에도
불구하고 예수가 십자가의 못에 박혀 사망하였으므로 자신의 죽음을 희생
하여 사랑을 몸소 실천한 인물이라 할 수 있다. 다시 말해 "영혼 그 자체는

사랑이라는 가르침 속에서 완벽해진다"(Traversi 124)는 주장처럼 영혼과 사랑이 밀접하게 연관되어 있음을 알 수 있다.

나오며

본 글의 핵심어는 요가와 자아 배제 그리고 이를 통한 절대자와의 만남이라 할 수 있다. 인간은 물론 우주만물을 지배하고 통치하는 절대자와의 만남의 모습을 엘리엇의 『네 사중주』를 통해서 살펴본 것이다. 물론 기독교 논리에서는 많이 언급된 것이 사실이지만 본 글에서는 요가 또는 자기 수행을 통해서 살펴보았다는 점에 의의가 있을 것이다.

지상은 물론 천상의 지배사를 만나기 위한 첫 번째 조건은 개인의 자아를 완전히 포기하거나 인정하지 않는 것에 있다. 이는 엘리엇이 그대로 '무소유의 길을 선택하기'로 분명하게 보여주고 있다. 또한 자아 포기를 통하여 나타난 효과가 '감각의 휴식', '정신 집중', '마음의 평화', '실제적 욕망으로부터의 자유', '행동과 고뇌로부터의 해방', '새로운 세계와 구세계에 대한 이해 가능' 등으로 나타난다. 이 모든 것을 가능케 하는 기폭제가 요가이며 깊은 요가 수행의 최우선 조건은 바로 '더 아래로 내려가는 것'이다.

참고문헌

Bush, Ronald. *T. S. Eliot: A Study in Character and Style*. Oxford: Oxford UP, 1983.

Callow, James T. and Robert J. Reilly. *Guide to American Literature: From Emily Dickenson to the Present*. New York: Barnes & Noble Books, 1977.

Donoghue, Denis. "T. S. Eliot's 'Quartets': A New Reading". ED. Bernard Bergonzi, *T. S. Eliot: Four Quartets*. London: The Macmillan Press Ltd., 1994.

Gish, Nancy K. *Time in the Poetry of T. S. Eliot: A Study in Structure and Theme*. London: The Macmillan Press Ltd., 1981.

https://en.m.wikipedia.org. 〉wiki〉Atman. 2016.09.20

Mascaro, Juan. Trans. *The Upanishads*. London: Penguin Books, 1965.

Matthiessen, F. O. *The Achievement of T. S. Eliot*. London: Oxford UP, 1976.

Moody, David. ed., *The Cambridge Companion to T. S. Eliot*. London: Cambridge UP, 1994.

Quinn, Maire A. *T. S. Eliot: Four Quartets*. London: Longman Group Ltd., 1982.

Scofield, Martin. *T. S. Eliot: the Poems*. London: Cambridge UP, 1988.

Tamplin, Ronald. *A Preface to T S Eliot*. London: Longman Group Limited, 1995.

Traversi, Derek. *T. S. Eliot: The Longer Poems*. New York: Harcourt Brace Jovanovich, 1976.

■ 이 글은 한국 T. S. 엘리엇학회의 학술지 『T. S. 엘리엇연구』(제26권 3호, 2016년 12월) pp.95-115 에 게재된 것을 일부 수정 및 보완하였음을 밝힌다.

영원한 고독, 요가 수행으로 『네 사중주』 읽기

엘리엇의 『네 사중주』를 통한
'집착, 초탈, 그리고 무관심' 읽기

───────

들어가는 말

엘리엇(T. S. Eliot)의 걸작 중 하나인 『네 사중주』(*Four Quartets*)는 이 작품만이 지닌 독특한 난해성 때문에 다양한 평가가 등장하지만 그 주된 것은 "엘리엇 시 형식(style)에 있어서의 정점"(Raffel 125)이라는 것과 "가장 난해한 종교시"(Callow and Reilly 86)로 크게 요약할 수 있다. 『네 사중주』는 엘리엇 시의 정점에 도달했지만 종교나 철학적으로는 너무 난해하다는 것이 국내외를 불문하고 대부분 연구자들의 공통된 견해이다. 또한 『네 사중주』는 먼저 창작된 작품과는 전개 방법은 물론 종교적 측면에 있어서도 사뭇 다른 양상을 보인다.[1] 전개 방식에 있어서는 엘리엇 자신이 전달하고자 하는 의도를 서정적 방식에 의존하여 여과 없이 보여주고 있으며 종교적으로는 인간의 행위 보다는 영(靈, the spirit)에 기반을 두어 한층 더 심오한 의미를 전달하고 있다. 바로 이런 측면에서 먼저 발표된 『황무지』(*The Waste Land*)와는 상당한 차이를 보인다. 『황무지』가 인간의 그릇된 영과 육(肉, the flesh)의 행태를 묘사하는 동시에 치유책을 제시한다면 『네 사중주』는 '영'이 추구해야 할 방향을 주로 신앙 관계에 의존하여 사색적으로 제시하고 있다. 따라서 『네 사중주』는 먼저 창작된 작품과는 달리 매우 추상적이고 형이상학적인 의미를 함축하고 있다.

그래서 본 연구는 엘리엇의 '영'의 바람직한 추구방향에 대한 관심에서 출발했으며 가장 먼저 인간의 '육'을 지배하는 '영'의 방향을 엘리엇이 어떻게 설정하는가를 살펴보는 것이 목적이다. 일반적으로 '육'은 '영'의 지배를 받으며 '영'이 튼튼해야 '육'도 건실하다는 것이 성경학자들의 공통된 견해이다. 그래서 이 연구는 '영'의 바람직한 방향 탐구라는 의도에서 엘리엇이 정의하고 있는 '집착'(attachment)과 '초탈'(detachment) 및 '무관심'(indifference)이라는 개념에 주목하여 『네 사중주』를 살펴보게 될 것이다. 이를 위해 본 연구는 엘리엇이 정의한 '집착'과 '초탈' 및 '무관심'이란 개념을 정의하고 이들 사이의 근본적인 차이와 상관관계를 살펴보고자 한다.

---

1) 「게론티온」("Gerontion")과 같은 기독교 선교 이전의 초기 시는 구원의 필요성, 즉 생명력이 없고 사랑이 없는 노인에게서도 생명의 중요성과 의미를 탐구하지만 후기 시는 전통적 기독교 상징의 의미와 생명력을 재발견한다(Wright 150-151 참조).

또한『네 사중주』를 통해 이 세 종류의 관계 양상을 좀 더 구체적으로 고찰해볼 것이다.

초탈과 집착 및 무관심의 상관관계

먼저 엘리엇이 세 종류 중에서 가장 중요시 여기고 있는 '초탈'은 일종의 사심(私心)이라 할 수 있는 개인의 내적 의도가 제거되거나 또는 이해관계를 초월한 사랑(uninterested love)으로서 바로 우리는 초탈에 의해서만 시간에서 해방되어 아무런 제약 없이 올바르게 행동할 수 있다고 정의한다(Drew 193-94). 결국 인간의 사심 내려놓기를 강조하는 것이며 이것이 선행되어야만 인간은 시간에서 해방될 수 있다. 모든 인간이 시간 속에서 살아가기 때문에 엘리엇은 여기서 해방되기 위한 방법으로 초탈을 제시하고 있다. 특히 스미스(Grover Smith)는 "엘리엇이『네 사중주』의 첫 번째 악장인「번트 노턴」("Burnt Norton")에서 정지(stillness)에 도달하는 형식을 언급한 것은 순간 집착에서 해방될 수 있는 초탈의 순간을 지시한 것이며 또한 우리의 삶 속에서 흔히 추구하는 행위 또한 초탈에 도달해야만 개선될 수 있음을 나타내기 위한 것"(284)이라고 진단한다. 스미스는 이와 같은 자신의 논리를 입증하기 위하여 '중국의 자기'(a Chinese jar)가 등장하는 부분을 지목하고 있다(BN V 참조). 비록 스미스가 그 이유를 명확하게 밝히지는 않았지만 '정(靜)' 속에 '동(動)'이 존재한다는 것을 실증하기 위해 예를 든 것이라 할 수 있다. 부연하면 중국의 자기가 '정' 속에서 영원히 움직인다는 것은 실제로 우리 내면(영혼)의 중심 찾기를 요구하는 것이며 바로 집착이 아닌 초탈에 이르러야만 '정' 속에서도 '동'을 감지할 수 있음을 역설하는 것이다. '정' 속에서 '동'을 감지한다는 것은 우리가 지닌 선입견이나 내적 판단 및 사적 의도를 완전히 배제해야만 가능하다고 볼 수 있다. 바로 이 상태를 '초탈'이라 할 수 있는데 이 상태에 이르러야만 인간의 행동 하나 하나가 개선 될 수 있다는 것이다. 즉, 행위에 특별한 개인적 의도나 목적이 그 이면에 포함되는 것 이것이 곧 '집착'인데 이 상태에서는 '정' 속에서의 '동'을 감지할 수 없으며 초탈, 즉 이타심을 지니거나 개인적 사심이나 욕구를 완전히 배제하게 되면 '정'의 상태에 있는 중국의 자기 속에서도 '동'을 감지할 수 있다는 것이다. 바로 '정' 속에서도 '동'을 감지할 수 있는 상태가 '초탈'이라 할 수 있다. 그래서 초탈에 이르게 되면 우리가 흔히 구분하는 3시제, 즉 과거, 현재, 미래를 초월해서 우리는 앞으로 전진할 수 있고(faring forward) 미래와 과거를 분리할 수 있는 경지 이른바 과거와 미래를 초월할 수 있는 순간에 이를 수 있으며 엘리엇이 "기억의 사용이라 표현한 것처럼"(LG III) 기억에 의해서 과거로 또는 욕망에 의해서 미래로 들어가는 굴욕적인 집착에 빠지는 위험에서 피할 수 있다(Smith 292). 좀 더 구체적으로 다음과 같이 부연할 수 있다. 과거를 뜻하는 "이미 자취를 감춘 과실에 대한 애착을 갖는 슬픔 없이 그리고 미래를 함축하는 "결코 익지 않을 수도 있는 과실에 대한 걱정"을 버리고, 현재를 함축하는

"삶(life)과는 전혀 관계없는 마음을 괴롭히는 이기적이고 비생산적인 자만심을 버린 채" 앞으로 전진하는 방법을 이야기하는 것이다(Smith 292 참조). 엘리엇은 이를 위해서 "앞으로 전진하라"는 표현을 「드라이 샐베이지즈」의 제III부에서만도 4차례에 걸쳐 사용하고 있으며 특히 "Not fare well/ But fare forward"라는 표현이 특징적이다(DS III. 참조). 이와 같이 '초탈'은 우리를 얽어매는 시간에서 초월할 수 있는 매개체인 동시에 과거로 회귀하거나 집착 상태에서 미래로 끌려가는 것을 통제해 주는 일종의 제어역할을 한다고 볼 수 있다. 더더욱 "무관심과는 확연히 다른 초탈이 있기 때문에 우리는 이미 자취를 감춘 패턴을 찾기 위해서 과거로 회귀하려는 열정에 휩쓸리지 않고 . . . 우리 자신의 과거와 역사적 과거 두 가지 모두를 사용할 수 있다"(Harding 65). 이와 같이 초탈은 시간을 구분할 수 있도록 도와주는 동시에 과거에 몰입되거나 미래에 대한 불안이나 근심에서 해방될 수 있는 기폭제 역할을 한다고 볼 수 있다.

반면에 무관심의 경우 집착이나 초탈에는 전혀 영향을 주지 못하는 상태라고 할 수 있다. 그 예로 "무관심은 꽃에게 해를 주지도 않지만 꽃을 피우지도 못하며 해를 끼치는 자기중심적인 사랑(selfish love)과 백색의 꽃 (white flower)을 피워내는 이타적인 사랑(unselfish love) 사이에 존재한다"(Quinn 47).[2] 쉽게 말해 무관심은 인간의 영혼이 어느 한 곳을 지정하

---

2) 장미전쟁(Wars of the Roses)은 왕위 쟁탈권을 놓고 랭카스터(Lancaster) 가문과 요크 (York) 가문이 싸운 전쟁으로 여러 해가 지난 뒤 요크 가문의 백색 장미와 랭카스터 가문의 빨간 장미 문장(紋章)에서 그 이름을 따왔다고 한다("Wars of the Roses".

지 않은 이른바 선택의 기로에서 전혀 갈등을 느끼지 않거나 심지어 판단력이 부족하여 침묵을 지키는 상태라고 할 수 있다. 다시 말해 양자택일에서 어느 것도 선택하지 않는 상태, 즉 영혼 또는 마음이 불분명한 입장을 취한 상태라고 할 수 있다. 그래서 이타적인 사랑의 일종인 초탈과는 달리 무관심은 "결국 인생 그 자체를 거부하는 부정적 상태로 볼 수도 있다"(Traversi 199). 여기서 우리는 무관심이 얼마나 많은 피해를 유발할 수 있는가를 알 수 있다. 요약하면 자기중심적 사랑의 일종인 집착은 오히려 남에게 위해를 가할 수도 있지만 그 반대로 이타적인 사랑이라 할 수 있는 초탈은 남에게 도움을 줄 수 있는 반면에 무관심은 그 두 종류 중에 어느 쪽에도 속하지 않는다는 것이 문제라고 볼 수 있다. 사물과 인간과 자신에게서 멀어진 상태, 즉 이해타산을 고려하지 않는 자세가 초탈이라면 어떤 일의 원인도 못되고 또한 동기를 부여하지도 못하기 때문에 무관심은 인생 자체에 전혀 도움을 주지 못하는 것이라 할 수 있다. 엘리엇은 무관심을 "죽은 쐐기풀과 산 쐐기풀 사이에서 꽃이 피지 않는 상태"(unflowering, between/ The live and the dead nettle. LG III)라고 정의하는가 하면 집착에 대해서는 다음과 같이 정의한다.

> 그래서 애국심도
> 그것이 자신이 속한 행동세계에 대한 집착으로서 시작하여
> 결국 결코 무관한 것은 아니지만 그 행동이 별로 중요하지 않다는

---

http://100.daum.net/encyclopedia/view/b18j3036a. April. 2017).

것을 알게 된다

Thus, love of a country
Begins as attachment to our own field of action
And comes to find that action of little importance
Though never indifferent. (LG III)

이와 같은 사실에서 전혀 영향을 끼치지 못하는 무관심과 영향은 끼치지만
큰 생산적 결과를 초래하지 못하는 집착, 그리고 모든 것에 이타적인 자세
를 견지하는 초탈 중에서 엘리엇이 초탈을 강조하는 것은 당연하다. 한 마
디로 엘리엇은 "과거를 초탈하게 되면 우리는 과거에 노예가 된다기보다는
과거를 이용할 수 있게 된다"(Quinn 47)는 생각을 가지고 과거를 직시하는
올바른 자세로 초탈을 요구하는 것이라 할 수 있다.

    지금까지 살펴본 바와 같이 초탈과 무관심 그리고 집착이라는 개념
사이에는 명백한 차이가 있음을 알 수 있는데 이와 같은 관계를 다음 장
(chapter)에서 좀 더 구체적으로 살펴보고자 한다.

집착과 초탈 및 무관심으로 엘리엇의 『네 사중주』 읽기

    「번트 노턴」에서 엘리엇은 인간의 영혼이 집착에서 초탈로의 이동이
가능하다는 논리를 형이상학적 표현에 의존하여 전개하고 있다.

실제적 욕망으로부터의 내적 자유,

행동과 고뇌로부터의 해방. 내·외적

욕망으로부터의 해방. 그러나 그것은 감각의 은총에 둘러싸여,

정중동의 흰 빛,

동작 없는 *앙양*, 제거 없는 집중,

부분적 망아가 완성되고

부분적 공포가 해소되는 데서

새로운 세계와 낡은 세계가

명백해지고 동시에 이해된다.

그러나 변화하는 신체의 연약함으로 짜여 있는

과거와 미래의 사슬은

인간에게 육체가 견디어 내기 힘든

천국과 지옥의 길을 막는다.

The inner freedom from the practical desire

The release from action and suffering, release from the inner

And the outer compulsion, yet surrounded

By a grace of sense, a white light still and moving,

Erhebung without motion, concentration

Without elimination, both a new world

And the old made explicit, understood

In the completion of its partial ecstasy,

The resolution of its partial horror.

Yet the enchainment of past and future

Woven in the weakness of the changing body,

Protects mankind from heaven and damnation

Which flesh cannot endure. (BN II)

'실제적 욕망'이나 '행동과 고뇌' 등은 모두 우리가 집착에 몰입한 상태라 할 수 있는데 '초탈'에 이르게 되면 우리의 영혼은 '실제적 욕망으로부터 자유로워지며 새로운 세계와 낡은 세계가 명백해짐과 동시에 그 세계에 대한 이해가 가능한 상태'에 이르게 된다. 부연하면 만물은 물론 자기 자신에 대해 이타적인 자세를 견지하면 사심이 포함된 욕망에 구속되지 않고 새 세계(미래)와 낡은 세계(과거)에 대한 일종의 시간을 초월하여 명백한 분별력이 생기며 이 두 세계를 이해 또는 통찰 가능한 상태에 이르게 되는 것이다. 바로 핵심은 초탈상태로의 도달인데 문제는 '변화하는 신체의 취약성' 때문에 명확하게 초탈에 이르기에는 너무도 큰 어려움이 수반된다는 사실을 알 수 있다. 그래서 집착에서 벗어나지 못한 구체적인 모습이 '과거와 미래의 사슬이 몸에 짜여져 있는 것'으로 표현되고 있다. 이는 인간이 과거와 미래에서 해방되지 못함을 이야기하는 것이며 그로 인해 파생된 결과는 천국과 지옥의 길을 선택할 수 없게 만들기도 한다. 결국 인간이 지나치게 집착에 얽매여 있으므로 천국이나 지옥에 대한 선택조차 불가능한 상태가 되는 것이다.

바로 인간이 지나치게 집착에 몰입된 상태를 엘리엇은 철로에 비유해서 설득력을 얻는다.

> 그러나 동으로부터의 절제, 세계는 욕망 속에서
> 움직인다. 과거의 시간과
> 미래의 시간의 철로 위를.

> But abstention from movement; while the world moves
> In appentency, on its metalled ways
> Of time past and time future. (BN III)

이 세계 전체가 '욕망' 속에서 움직이고 있다. 지나간 과거와 다가올 미래를 일종의 집착이라 할 수 있는 욕망 가득한 시선으로 주시하고 있다. 그 모습이 종착점을 알 수 없을 정도로 길게 이어져 있는 철로에 비유되고 있다. 이것은 물론 과거와 미래에서 해방된 초탈에 이르는 것만이 올바른 삶의 목표임에도 불구하고 인간은 지나치게 집착에 의존한 나머지 참된 길—집착에서 해방되어 초탈에 이르기—을 발견하지 못하는 모습을 엘리엇이 비유하는 것이다. 바로 이를 통해서 집착에서 해방되기를 바라는 엘리엇의 간절한 소망을 감지할 수 있는데 엘리엇은 집착에서 해방될 수 있는 방법 중에 하나로 '사랑'을 설정하여 일종의 집착이라 할 수 있는 욕망과 대조시키고 있다.

패턴의 세부는 운동이다.
열 개의 계단의 형상처럼.
욕망 자체는 동이고
그 자체는 좋지 못하다.
사랑은 그 자체가 동이 아니고
시간의 영역이
비존재와 존재 사이의
한계의 영역에 속하지 않으면
다만 동의 원인이고 궁극일 뿐,
초 시간이고, 욕망이 없다.

The detail of the pattern is movement,
As in the figure of the ten stairs.
Desire itself is movement
Not in itself desirable;
Love is itself unmoving,
Only the cause and end of movement,
Timeless, and undesiring
Except in the aspect of time
Caught in the form of limitation
Between un-being and being. (BN V)

위에 나타난 패턴은 인간이 만들어놓은 것이라 할 수 있다. 이유는 그 자체가 가변성을 내포하기 때문이다. 사실 운동 또는 이동이라고 할 수 있지만 외적으로 열 개의 각 계단마다 올라가는 행위는 곧 '동'의 모습임에는 틀림없지만 내적으로는 변화의 가능성을 함축하고 있는 것이다. 한 마디로 '동'의 상태가 유지되면 집착에서 초탈로의 이동이 가능하다는 것이다. 사실 다소 난해해 보이는 이와 같은 논리를 스코필드(Martin Scofield)는 다음과 같이 설명한다.

> 주로 이것은 명백히 회화적 관념이다. 그 이유는 계단들을 묘사하는 과정에서 전체 모습의 패턴은 정적이지만 우리가 하나하나 세부적으로 계단에서 계단으로 이동한다면 우리는 이동을 인식하게 된다.

> Primarily this is a straightforwardly pictorial idea: the pattern of the whole figure in a drawing of stairs is static, but if we move from detail to detail, stair to stair, we are aware of movement. (211)

간단하게 '정'에서 '동'으로의 이동이라 할 수 있다. 열 개의 계단이 동시에 포착되어 첫 번째 계단에서 마지막 열 번째 계단에 이르기까지 정지된 상태, 즉 마치 앞서 등장했던 길게 이어진 철로와 유사하게 '정'의 상태처럼 보이지만 실상 그 과정에서 영혼이 지속적으로 이동한다면 집착이 아닌 초탈의 상태에 도달할 수 있음을 함축한다고 볼 수 있다. 설령 이 멈춰진 듯 보이는 계단은 '정'처럼 보이지만 영혼은 변화 가능성, 즉 '동'으로 이동할 가능성을 함축하고 있는 것이다. 그래서 '정'에 속한 욕망 그 자체는 바람직하지 못하기 때문에 '동'을 요구한다고 볼 수 있다. 여기서 '욕망'은 '집착'이고 '사랑'이 곧 '초탈'이라 할 수 있다. 그래서 '욕망' 그 자체는 개인적 의도 또는 사적 욕구가 포함되어 있으므로 항상 다변화의 가능성이 내포된다. 그 결과 욕망은 '동'인 동시에 '바람직하지 못한' 상태가 되는 것이다. 반면에 '사랑'은 그 자체로 일종의 집착이라 할 수 있는 욕망과는 대조적으로 '움직이지 않으며' 오히려 움직임을 가능케 하는 '원인'이 될 수 있는 동시에 '목적'이라 할 수 있다. 다소 난해한 형이상학적 논리를 존재와 비존재 사이의 한계에서 벗어난 사랑으로 묘사하여 무시간(timelessness), 즉 초탈의 경지를 엘리엇이 말하고 있다.

한편, 형이상학적 욕망과 초탈을 언급한 후 엘리엇은 제2악장인 「이스트 코우커」("East Coker")에서도 좀 더 구체적으로 그 집착을 이미지화시키고 있다.

> 고요한 목소리의 연장자들,
> 그들이 우리를 속였거나, 그렇지 않으면 자신을 속이면서
> 우리에게 단지 허위의 처방을 남겼던 것인가?
> 안정은 단지 고의적인 어리석음이고
> 지혜도 단지 죽은 비밀에 대한 지식이어서
> 그들이 들여다보거나,
> 그들이 눈길을 돌린 암흑에서는 쓸모없다.

경험에서 파생된 지식에는

기껏해야 단지 제한된 가치밖에 없는 것처럼 보인다.

지식은 패턴을 부과하고 기만한다.

Had they deceived us,

Or deceived themselves, the quiet-voiced elders,

Bequeathing us merely a receipt for deceit?

The serenity only a deliberate hebetude,

The wisdom only the knowledge of dead secrets

Useless in the darkness into which they peered

Or from which they turned their eyes. There is, it seems to us,

At best, only a limited value

In the knowledge derived from experience.

The knowledge imposes a pattern, and falsifies. (EC II)

단적으로 인간의 오랜 경험 또는 깊은 사고(thoughts)에 의해서 출현한 결과에 대한 엘리엇 자신의 중심 생각을 우리는 인식할 수 있다. 엘리엇 자신의 중심 생각이라는 진단을 우리는 간과해서는 안 된다. 그 이유는 제1장에서 언급한 것처럼 특유하게 엘리엇은 먼저 창작된 작품과는 달리 『네 사중주』에서는 자신의 생각을 진지하게 투영시키고 있기 때문이다. 상기의 진술처럼 엘리엇은 집착에 관하여 진솔하게 설명하며 또한 여기에서 해방되지 못한 삶을 이어가는 현대인에 대한 아쉬움을 여실히 나타내고 있다. 연장자들이란 지혜를 상징할 수 있음에도 불구하고 이들이 만들어 놓은 하나의 패턴 – 이는 곧 인간이 만들어 놓은 패턴에 불과하지 신이 만들어 놓은 것은 아님 – 에 종속되어 그것을 우리는 그대로 '검증' 없이 받아들인다는 것이다. 그 결과 인간이 설령 100년 이상 경험에 의존하여 패턴을 형성하여 후세에게 전해준다고 해도 그것에는 인간 자신의 집착이 스며들었으므로 '제한된 가치' 밖에 없는 것이다. 여기서의 '연장자들'이란 뮌헨협약(Munich Accords)과 관련된 정치인들을 의미하는 것으로서(Soud 193) 각국이 자신들만의 이익을 도모하기 위해 지나치게 집착에 몰입한 모습에 대한 엘리엇의 유감을 표현한다고 볼 수 있다.[3]

심지어 엘리엇은 우리에게는 소망이나 사랑조차도 무의미하다고 주

---

3) 뮌헨 협약은 주데텐란트(Sudetenland) 영토 분쟁에 관련된 협정으로, 1938년 9월30일 독일 뮌헨(Munich)에서 영국, 프랑스, 독일, 이탈리아가 체결했다. 1차 대전 종전 이후 국제연맹은 오스트리아-헝가리 제국을 민족자결주의에 따라 다수의 국민국가로 분할하여 중유럽 문제를 해결하고자 하였으나, 히틀러(Adolf Hitler)는 이를 역이용하여 독일 민족의 자결과 독일인의 '생활공간'확보를 요구하였다. 이에 따라 1938년 3월 독일계 국가인 오스트리아를 합병한 독일은 이어 체코슬로바키아에서 독일인 거주자 다수 지역인 주데텐란트 할양을 요구하였다. 이에 양국 간 군사적 긴장이 커지자, 또 다른 세계 대전의 발발을 피하고자 했던 영국과 프랑스는 뮌헨회담을 열어 히틀러의 요구대로 독일이 주데텐란트를 합병하도록 승인하였다. 열강들이 나치 독일(Nazi Germany)에 대한 유화정책을 펼침에 따라 신생국 체코슬로바키아는 당사자임에도 불구하고 이 회담에서 배제되었다. 오늘날의 체코와 슬로바키아에서는 뮌헨협정을 뮌헨 늑약이라고도 부르며 프랑스와 체코슬로바키아의 동맹이 지켜지지 않았기 때문에 뮌헨의 배신(체코어: Mnichovská zrada/슬로바키아어: Mnichovská zrada)이라고도 부른다(http://ko.wikipedia.org/wiki 뮌헨협정).

장하여 우리의 주목을 끌고 있다.

> 나는 내 영혼에게 말했다. 침묵하라. 소망을 갖지 말고 기다려라.
> 소망이란 빗나간 소망일 것이니. 사랑이 없이 기다려라.
> 사랑이란 빗나간 사랑일 것이니. 하지만 믿음이 있다.
> 그러나 믿음과 사랑과 소망은 모두가 기다림 속에 있다.
> 생각이 없이 기다려라. 왜냐하면 그대는 생각할 준비가 되어 있지
>   않기 때문에.

> I said to my soul, be still, and wait without hope
> For hope would be hope for the wrong thing; wait without love
> For love would be love of the wrong thing; there is yet faith
> But the faith and the love and the hope are all in the waiting.
> Wait without thought, for you are not ready for thought. (EC III)

여기서 소망이란 사적 욕구가 가미된 것이라 할 수 있으며 사랑 역시 인간의 내적 욕망이 포함되어 있으므로 소망과 사랑 그리고 초탈 사이에는 너무나 깊은 간극이 형성된다고 할 수 있다. 소망과 사랑이라는 집착에서 벗어나 초탈에 이르기 위한 조건이 '기다림'이다.4) 그래도 다행스럽게 엘리

---

4) 흥미로운 점은 엘리엇은 "사랑"을 이야기하면서도 단순히 한 가지로 규정하지는 않는다는 것이다. 앞서 나온 사랑은 언급한 바와 같이 그 자체가 "동"이 아니고 "동의 원인"이고 "무시간"이며 "비욕망"인 것과는 반대로 여기서는 "사적 욕구가 가미된 사랑"이므로 집착이라는 점을 우리는 주의할 필요가 있다.

엇은 인간에게 초탈이 가능한 방법을 '기다림'으로 제시하는데 이 상태는 모든 사적 욕구가 제거된 이른바 집착단계에서 해방되어 이타적 판단이 가능한 초탈의 경지라고 할 수 있다. 초탈에 이르기 위한 필수적인 조건은 본 연구의 주된 소재가 되고 있는 '자아의 바른 상태 유지'라고 할 수 있다. 이는 결국 자아의 의지 또는 인간의 의지가 중심 개념이 될 수 있는데 "엘리엇은 단테(Alaghieri Dante)의 중심 주제인 의지(will)에서의 해방을 창작하려고 준비했었다"(Bush 230)는 진단에서 보듯이 의지의 자유가 초탈의 핵심이라 할 수 있다. 의지의 자유가 방임이나 방종을 의미하는 것이 아님을 유념해야하며 특히 "우리가 자아로의 몰입만 망각할 수 있다면 우리는 마음에서 허영심을 제거할 수 있다"(Robson 115)는 사실을 알 수 있다. 단적으로 집착이란 허영, 겉치레, 자만 등이 모두 자아에 몰입된 결과라고 할 수 있다. 그래서 그 해결책으로 엘리엇은 "겸손"(Humility EC II)을 중심에 놓고 있다. 즉, "우리가 얻기를 바라는 유일한 지혜는/겸손의 지혜이다./ 겸손은 끝이 없다"(The only wisdom we can hope to acquire/ Is the wisdom of humility: humility is endless. EC II)고 엘리엇은 단정한다. 여기서 우리가 유추할 수 있듯이 허영, 겉치레, 자만 등이 '나'의 생각이나 의도가 다분히 포함되어 있다면 겸손은 '나'가 전혀 개입되지 않은 상태 또는 '내면적 나'를 내려놓은 상태, 한마디로 초탈이라고 할 수 있다. 이는 나를 내려놓는 것과 내가 개입하는 것 사이에는 심각한 내적 갈등이 있을 수 있기 때문에 큰 결정력이 필요하다. 그래서 하나를 제압하기 위해서는 또 다른 하나가 힘에 있어서 우위를 점해야하므로 '경쟁'이 필요하다.

　　－그러나 경쟁은 없다－
　단지 잃었다 발견되고, 다시 잃은 것을
　회복하고자 하는 투쟁만이 존재할 뿐이니－지금 상태 하(下)에선
　그것이 순조로울 것처럼 보이지 않는다. 그러나 아마 승부의 문제
　　가 아닐 것이다.
　우리에겐 단지 노력만이 존재할 뿐이다. 나머지는 우리의 일이 아
　　니다.

. . . . . . －but there is no competition－
There is only the fight to recover what has been lost
And found and lost again and again: and now, under conditions
That seem unpropitious. But perhaps neither gain nor loss.
For us, there is only the trying. The rest is not our business. (EC V)

　자아의 욕구 포기와 자아의 욕구 유지 사이에 경쟁을 해야 하지만 유의미
한 것과 무의미한 것을 구분한다는 것조차 현재로서는 쉽지 않은 상황이
되었다. 유의미한 것을 끝까지 추구할 수 있다면 그것을 방해하는 무의미
한 것을 억제하기 위해서 이 양자 간 서로 경쟁이 가능하지만 유의미한 것
과 무의미한 것 사이의 구분이 불가능하므로 경쟁 자체가 무의미하고 다만
우리는 집착이 아닌 초탈을 회복하려는 꾸준한 노력이 필요함은 분명하지

만 현재로서는 그것조차 녹록치 못하다. 그래서 우리가 할 수 있는 최종적 보루는 '노력하기'라고 할 수 있다. 재언하면 사적 의도가 가미된 집착에서 해방되어 이타적인 초탈에 이르기 위해 끊임없이 노력해야 하지만 유의할 점은 그 결과에 대한 예상이나 예측 또한 인간에게는 불가능하다는 것이다. 단적으로 노력은 이어가되 결과를 예단하지 말라는 것이다. 바로 이 사실을 엘리엇은 "우리는 다만 노력하고 있기 때문에/ 좌절되지 않을 뿐이다"(Who are only undefeated/ Because we have gone on trying. DS V)라고 이야기한다. 그 이유는 결과를 도출하는 것은 우리의 임무가 아니며 신(God)이 할 수 있는 일이고 우리가 집착을 지닌 채 어떤 일을 시도하는 것은 무모하기 때문이다. 한마디로 "『네 사중주』의 주제가 인간 삶에서의 중심적 활동은 노력하기"(Sullivan 75)라는 사실을 인식할 수 있으며 이는 「드라이 샐베이지즈」에서 "앞으로 나아가라"는 반복적인 명령에 의해서도 알 수 있다(DS III. 참조).

한편 이와 유사하게 엘리엇은 인간이 만들어 놓은 패턴은 지속이 불가능하다는 것을 제3악장인 「드라이 샐베이지즈」에서도 강하게 주장한다.

사람이 점점 나이가 들어가면서
과거가 또 다른 하나의 패턴을 가지며 단순한 연속이나
심지어 발전으로 되지 않는 듯하다. 후자는 진화라는
피상적 관념에서 조장된 부분적인 오류로서,
통속적 생각에서는 과거를 부정하는 하나의 수단이 된다.

It seems, as one becomes older,

That the past has another pattern, and ceases to be a mere sequence-

Or even development: the latter a partial fallacy

Encouraged by superficial notions of evolution,

Which becomes, in the popular mind, a means of disowning the past.

(DS II)

인간은 살아가면서 늘 과거의 패턴을 잃었다가 다시 발견하고 또 다시 잃은 것을 찾고자 발버둥 친다. 이것은 인간이 만들어 놓은 동일한 패턴을 지속적으로 이어감을 이야기하는 것으로서 오랫동안 노인들이 자신의 경험에 의존해서 만들어 놓은 패턴을 후세에 전달하는 것은 바람직하지 못하다는 논리와 유사하다. 그래서 잃었다가 다시 발견되는 패턴 또한 재차 변화될 가능성을 다분히 내포하기 때문에 이를 후세에게 부과하는 것은 바람직하지 못한 것이 된다. 이 논리는 과거가 단지 과거에 종결된 것이 아니라 과거의 일은 또 다른 결과를 우리에게 부과해 주는 것으로서 다만 과거는 현재에 대한 연속이나 발전으로 보아서는 안 됨을 엘리엇이 각성시키는 것이다. 그 이유는 역설적으로 위에 나타난 바와 같이 과거를 완전히 외면해 버리는 하나의 수단이 될 수 있기 때문이다. 그래서 엘리엇은 과거를 부인하는 수단을 경계하고 있다. 만약 과거가 신에 의해서 만들어진 패턴을 부과했다면 그것은 큰 문제없이 지속적으로 이어졌을 텐데 다소 부적합했으므로 우리에게 '과거의 재고(再考)'를 요청하고 있는 것이다. 역사 그

자체는 과거의 사건이나 사실을 의미하는 경향이 강하기 때문에 엘리엇은
이른바 역사와 과거를 동시에 재검토할 필요성을 역설하기에 이른다.

이곳 떠나온 해안과 앞으로의 해안 사이에서
시간이 물러났을 동안, 미래와
과거를 동등한 마음으로 생각하라.
행동도 아니고 비행동도 아닌 이 순간에
그대들은 이것을 수용할 수 있다. "죽음의 시간에
인간의 마음이
어떤 존재의 영역으로 쏠리느냐"―그것은 다른 사람의 생애에서
열매를 맺을 행동이다.
(죽음의 시간은 매 순간이다.)
그러므로 행동의 결과를 생각지 말라.

Here between the hither and the farther shore
While time is withdrawn, consider the future
And the past with an equal mind.
At the moment which is not action or inaction
You can receive this; "on whatever sphere of being
The mind of a man may be intent
At the time of death"―that is the one action
(And the time of death is every moment)

Which shall fructify in the lives of others:

And do not think of the fruit of action. (DS III)

바로 '이곳에서' 과거와 미래를 '동등한 마음으로 생각하라'는 것은 집착에서 해방되어 초탈의 자세로의 변환을 요구하는 것이다. 여기서 엘리엇이 초탈을 직접적으로 강조하는 모습이 특히 이채롭다. 바다와 강을 서로 대비하여 인간이 신의 시간, 즉 바다가 지닌 시간에 그 시계를 맞추게 될 때 인간은 과거와 미래를 동등한 마음으로 판단할 수 있으며 동시에 행동 또는 비행동의 순간에서 해방되는 것이다. 엘리엇은 바로 이 상태를 '자아부재'(selflessness)와 '자아 굴복'(self-surrender)으로 정의한다.

인간이 소유한 호기심은 과거와 미래를 탐색하고

그 차원에 집착한다. 그러나 무시간과

시간의 교차점을 감지하는 것이

성자의 직업이다―

아니 직업이라기보다 사랑과

정열과 자아부재와 자아 굴복 속에서

평생을 사랑으로 죽는 동안에 주고받는 그 무엇이다.

Men's curiosity searches past and future

And clings to that dimension. But to apprehend

The point of intersection of the timeless

With time, is an occupation for the saint —
No occupation either, but something given
And taken, in a lifetime's death in love,
Ardour and selflessness and self-surrender. (DS V)

바로 문제는 인간, 즉 좀 더 구체적으로 '인간이 지니고 있는 호기심'이다. 인간의 호기심이 집착의 한 형태라고 볼 수 있다. 인간이 호기심을 버리지 못하고 집착 상태에 몰입해 있으므로 물리적으로 과거와 미래의 시간을 자기 나름대로 계산하려고 고군분투한다. 그 결과 인간이 과거와 미래에 지나치게 집착한 나머지 그 차원에서 해방되지 못하게 된다. 이렇게 되면 집착에 빠진 상태에서 과거와 미래를 조명함으로써 시간과 무시간의 교차점을 포착할 수 없는 결과를 초래할 수 있다. 인간과 성자는 이런 면에서 다소 차이가 있다는 것이 엘리엇의 주장이다. 바로 이와 같은 자기중심적 생활, 즉 일종의 집착에 몰입한 인간의 삶을 프라이(Northrop Frye)는 다음과 같이 진단한다.

자기중심적인 삶은 공포를 가져오고 그리고 공포는 집착, 즉 물에 빠진 사람이 무언가를 움켜잡는 일을 일으킨다. 사고에 있어서 집착은 결국 미신을 초래하고 그래서 모든 인간은 그가 매우 두려워할 때 미신에 의존하게 된다.

The ego-centric life breeds panic, and panic breeds attachment, the clutch of the drowning man. In thought, attachment eventually leads to superstition, and every man becomes superstitious when he is sufficiently frightened. (79)

흥미로운 것은 위기에 처했을 때 자기중심적 욕구가 더욱 증가한다는 것이다. 위기의 순간에 인간은 냉정이나 침착 다시 말해 일종의 초탈에 의지한다기보다는 미신에 의존하게 된 나머지 결국 극도로 공포를 느끼게 될 때 인간은 더욱 미신에 사로잡히게 되는 것이다. 이 위기를 극복해서 초탈의 자세로 자기 자신에게 다가오는 사건이나 사물 그리고 주변 사람들을 응시해야함을 알 수 있다.

이어서 엘리엇은 『네 사중주』의 마지막 악장인 「리틀 기딩」("Little Gidding")에서도 우리에게 동일한 시선, 즉 초탈의 자세 유지를 요구한다.[5]

만일 당신이 어디서 출발하여
어느 노정을 밟아 어떤 시간 또는 어떤 계절에
이 길로 온다 해도

---

5) 『네 사중주』의 전체 마무리로서의 「리틀 기딩」은 『네 사중주』의 마지막 악장인 동시에 그 의미의 총화라고 할 수 있다. 자칫 제3악장인 「드라이 샐베이지즈」의 연속물로 「리틀 기딩」을 감상한다면 약간의 간극이 형성될 수 있다. 「드라이 샐베이지즈」가 헤라클레이토스(Heraclitus)의 유전(flux)론을 중심으로 강과 바다로 이분화하여 그 속에 처한 인간의 현실 상황을 묘사한다면 「리틀 기딩」은 '리틀 기딩'이라는 장소가 갖는 과거성을 현재에 재해석함으로써 미래에 대한 우리의 바람직한 정신적 태도를 반추하게 만든다.

그것은 항상 동일할 것이다. 당신은 감각과
관념을 버려야 할 것이다.

 If you came this way,
Taking any route, starting from anywhere,
At any time or at any season,
It would always be the same: you would have to put off
Sense and notion. (LG I)

여기서 우리는 리틀 기딩(Little Gidding)이 갖는 장소의 중요성보다는 역사
속에서의 리틀 기딩의 진정한 의미 찾기를 요구하는 엘리엇의 강한 메시지
를 볼 수 있다. 출발지(장소)나 계절(시간)에 관계없이 마치 인간의 행위는
지나치게 집착이나 무관심의 상태에 몰입되어 편협하기 쉬운 것과는 대조
적으로 일종의 무변화 상태를 엘리엇이 강조하고 있다. 그러나 이곳을 방
문하는 사람은 필수적으로 감각과 관념을 단념해야 한다. 쉽게 말해 사적
의도나 편견을 심중에 간직한 채 리틀 기딩을 방문하는 행위를 경계해야한
다는 것이다. 즉, 장소가 갖는 원초적인 의미 찾기-과거에 대한 재해석-
를 엘리엇이 주장하는 동시에 이타심을 품은 채 과거 리틀 기딩에서 발생
했던 사건을 공평하게 판단할 것을 요구하고 있다. 이러한 과정이 성공적
으로 수행되었을 때 비로소 집착과 무관심에서 벗어나 초탈의 경지에 이르
게 되는 것이다.

종종 유사하게 보이지만 완전히 다른 세 가지 상태가
동일한 산울타리 속에서 번창한다.
자아와 사물과 사람들에 대한 집착, 자아와
사물과 사람들로부터의 초탈, 그리고 그들 사이에서 성장하는 무관심,
그것은 죽음이 삶과 유사한 것처럼 앞의 양자와 유사하고
두 가지 삶의 중간, 즉 죽은 쐐기풀과 산 쐐기풀 사이에서
꽃이 피지 않는 상태 그것.

There are three conditions which often look like
Yet differ completely, flourish in the same hedgerow:
Attachment to self and to things and to persons, detachment
From self and from things and from persons; and, growing between
  them, indifference
Which resembles the others as death resembles life,
Being between two lives-unflowering, between
The live and the dead nettle. (LG III)

집착과 초탈과 무관심은 매우 유사하며 심지어 동일한 뿌리에서 성장하는
것처럼 보일지라도 거기서 나온 잎의 성상과 모양은 차이가 있다는 것이
다. 우리는 '자아, 사물, 사람들'에 대한 집착의 상태를 버려야한다. 그 이
유는 지나치게 사적인 사랑이 개입되면 편협하거나 심지어 그릇된 판단을
초래할 수 있기 때문이다. 그리고 '무관심' 속에서 벗어나야 한다. 그 이유

는 집착도 아니고 초탈도 아닌 중도의 입장을 취하여 전혀 유익한 결과를 생산할 수 없기 때문이다. 여기서 유의할 점은 이와 같은 논리는 부정 (negation)과는 구분되어야만 하는 해방 가능한 초탈의 순간을 의미하는 것이며(Traversi 200)[6) '초탈'의 자세로 자아는 물론 사물과 사람들에 대한 편협한 시각을 제거해야함을 이야기하는 것이다. 무디(A David Moody)의 이야기가 좀 더 설득적으로 다가온다.

> 그러나 "조용한 목소리의 연장자들"을 처리하거나 "친숙한 복합체 의 유령"과의 만남에서처럼 심지어 타인들에 대한 집착조차도 무정 했다. 인간 감정에서 그렇게 초탈하게 되면 그 내용은 사랑과 욕망 의 관념에서 "나라에 대한 사랑"으로 그리고 여기서 "역사"로의 이 동이 용이해진다.

> But even the attachment to others has been unfeeling, as in the treatment of "the quiet-voiced elders," or in the meeting with the "familiar compound ghost." Such detachment from human feeling makes it easy for the passage to shift from the idea of love and desire to "love of a country," and from that to "History". (154)

---

6) 엘리엇은 「이스트 코우커」에서 "부정"의 길을 선택할 것을 요구하면서 "당신이 알지 못하는 곳에 이르기 위해서는 무지의 길을 선택할 것"과 "당신이 소유치 않은 것을 소유하기 위해서는 무소유의 방법을 취하기" 그리고 "당신이 알지 못하는 것이 당신이 아는 유일한 것" 등을 이야기하는데 이는 "자기 부정"(self-denial)을 이야기하는 것으로서 초탈이나 집착과는 차이가 있다고 볼 수 있다(EC III 참조).

무디의 위와 같은 진단을 우리는 유념할 필요가 있다. 무디는 타인에 대한 집착조차도 너무 경시되었음을 지적하고 있다. 그러나 가장 바람직한 것은 지금까지 살펴본 대로 '초탈'이다. 그래서 위와 같이 인간이 사적 감정에서 초탈해 버리면 사랑과 욕망이 국가에 대한 사랑으로 이동하고 여기서 그것은 다시 역사로의 이동이 가능하게 된다. 쉽게 말해 개인의 사랑과 욕망이 국가에 대한 사랑으로 전환되고 결국 이것이 역사에 대한 초탈의 자세를 유지할 수 있는 디딤돌이 될 수 있다는 것이다.

지금까지 살펴본 바와 같이 엘리엇은 사적 욕구나 개인적 욕망이 개입된 집착과 모든 것에 대해 이타적인 자세를 견지하는 초탈 그리고 전혀 유익한 결과를 초래할 수 없는 무관심의 상태를 서로 비교하며 초탈에 이르는 것이 역사를 보는 올바른 시각임을 강조하며 이것이 곧 시간에서 해방될 수 있는 경지라고 진술한다.

나가며

엘리엇은 우리 인간의 영혼을 크게 세 종류로 분류한다. 먼저 사적 이기심 또는 개인적 의도가 다분히 포함된 집착과 그리고 이와는 정반대로 이해관계를 초월한 사랑의 시선으로 모든 것을 관찰하는 초탈 그리고 전혀 어느 쪽에도 관심을 보이지 않는 무관심이 바로 그것이다. 물론 엘리엇은 「리틀 기딩」에서 '초탈'의 자세로 과거나 역사를 바라볼 것을 주장한다. 그리고 이것은 「리틀 기딩」에 한정된 것이 아니라 『네 사중주』 전체를 통해서도 드러나고 있음을 알 수 있다. 먼저 욕망으로 표현된 집착의 모습이 '길게 이어진 철로'와 '노인들이 전해준 패턴' 그리고 '인간의 지나친 호기심'과 심지어 '소망'과 '사랑' 등으로 나타난다. 한편 '초탈'의 모습으로는 '실제적인 욕망에서 자유로워지며, 부분적인 공포가 해소되어 새로운 세계와 구세계가 뚜렷해지고 이해되는 경지에 이르며 사적 이기심이 배제된 사랑'과 '기다림', '과거와 미래를 동등한 마음으로 생각하기', '감각과 관념 벗어 버리기' 등이 있다. 결국 이 모든 것은 마음에 달려 있다는 사실을 잊어서는 안 된다. 지나치게 사적 이기심을 유지한 채 과거나 미래를 판단한다면 그릇된 결과를 초래할 수 있다는 사실을 엘리엇은 『네 사중주』 전체를 통하여 형이상학적 표현에 의존하여 나타내고 있다.

참고문헌

Bush, Ronald. *T. S. Eliot: A Study in Character and Style*. London: Oxford UP, 1983.

Callow, James T and Robert J. Reilly. *Guide to American Literature: From Emily Dickinson to the Present*. Toronto: Barnes & Noble Books, 1977.

Drew, Elizabeth. *T. S. Eliot: The Design of His Poetry*. New York: Charles Scribner's Sons, 1949.

Frye, Northrop. *T. S. Eliot*. New York: Capricorn Books, 1972.

Harding, D. W. "'Little Gidding': A Disagreement in Scrutiny" ED. Bernard Bergonzi, *T. S. Eliot: Four Quartets*. London: The Macmillan Press, Ltd., 1994.

Moody, David. ed. *T. S. Eliot*. London: Cambridge UP, 1994.

Quinn, Maire A. *T. S. Eliot: Four Quartets*. London: Longman York P, 1982.

Raffel, Burton. *T. S. Eliot*. New York: Frederick Ungar Publishing Co., 1982.

Robson, W. W. *Modern English Literature*. London: Oxford UP, 1984.

Scofield, Martin. *T. S. Eliot: The Poems*. London: Cambridge UP, 1988.

Smith, Grover. *T. S. Eliot's Poetry and Plays: A Study in Sources and Meaning*. Chicago: The U of Chicago P, 1974.

Soud, W. David. *Divine Cartographies: God, History, and Poiesis in W. B. Yeats, David Jones, and T. S. Eliot*. London: Oxford UP, 2016.

Sullivan, Sheila. ed., *Critics on T. S. Eliot*. London: George Allen and Unwin, 1978.

Tamplin, Ronald. *A Preface to T. S. Eliot*. London: Longman Group Limited., 1995.

Traversi, Derek. *T. S. Eliot: The Longer Poems*. London: Gloucester Typesetting Co., 1976.

Wright, T. R. *Theology and Literature*. Massachusetts: Basil Blackwell, 1988.

http://ko.wikipedia.org/wiki 뮌헨협정. 2018.10.31

"Wars of the Roses" http://100.daum.net/encyclopedia/view/b18j3036a. 2017.4.20.

■ 이 글은 영미어문학회의 학술지 『영미어문학』(제125호, 2017년 6월) pp.1-21에 게재된 것을 일부 수정 및 보완하였음을 밝힌다.

이철희

한양대 영문학 박사

「T. S. 엘리엇의 객관적 상관물연구」(석사학위논문)

「T. S. 엘리엇의『황무지』연구: 주제 및 기법에 대한 재조명」(박사학위논문)

한국연구재단 등재 학술지 논문 45편

저서: 『T. S. 엘리엇과 W. B. 예이츠의 걸작 읽기』(도서출판 동인, 2015)

　　　『엘리엇 그리고 전통과 개성의 시학』(L.I.E. 영문학총서 제32권, 2014)

　　　『엘리엇의 문학과의 대화』(L.I.E. 영문학총서 제30권, 2013)

　　　『T. S. 엘리엇의『황무지』와「황무지」원본 연구』(L.I.E. 영문학총서 제28권, 2012)

학술활동: 우수신진학자상 수상(한국 T. S. 엘리엇학회, 2013)

　　　　　한국 T. S. 엘리엇학회 연구부 회장

　　　　　한국 W. B. 예이츠학회 감사

　　　　　미국 T. S. 엘리엇학회 회원

　　　　　한국영미어문학회 및 한국 T. S. 엘리엇학회 평생회원

엘리엇의 『네 사중주』와 다른 시들 읽기 종교, 철학, 심리학적 접근

초판 1쇄 발행일 2018년 12월 10일

이철희 지음

발행인 이성모

발행처 도서출판 동인

주　소 서울시 종로구 혜화로3길 5 118호

등　록 제1-1599호

TEL 　(02) 765-7145 / FAX (02) 765-7165

E-mail dongin60@chol.com

ISBN 978-89-5506-795-8

정　가 15,000원

※ 잘못 만들어진 책은 바꿔 드립니다.